고양이 미르의
자존감 선물

고양이 미르의 자존감 선물

(청소년 성장소설 십대들의 힐링캠프, 변신)

[십대들의 힐링캠프®] 시리즈 NO.21

지은이 | 박기복
발행인 | 김경아

2019년 11월 28일 1판 1쇄 발행
2020년 5월 27일 1판 2쇄 발행
2022년 3월 27일 1판 3쇄 발행(총 4,000권 발행)

이 책을 만든 사람들
책임 기획 | 김경아
기획 | 김효정
북 디자인 | KHJ북디자인
교정 교열 | 좋은글
경영 지원 | 홍종남
표지 삽화 | 폭우 ⓞ pooiuy_rain
제목 | 구산책이름연구소

이 책을 함께 만든 사람들
종이 | 제이피씨 정동수 · 정충엽
제작 및 인쇄 | 천일문화사 유재상

도서 출간 전 독자 품평회
정가인(판곡중학교 3학년)

펴낸곳 | 행복한나무
출판등록 | 2007년 3월 7일. 제 2007-5호
주소 | 경기도 남양주시 도농로 34, 301동 301호(다산동, 플루리움)
전화 | 02) 322-3856 팩스 | 02) 322-3857
홈페이지 | www.ihappytree.com
도서 문의(출판사 e-mail) | e21chope@daum.net
내용 문의(지은이 e-mail) | yesreading@gmail.com
※ 이 책을 읽다가 궁금한 점이 있을 때는 지은이 e-mail을 이용해 주세요.

ⓒ 박기복, 2019
ISBN 979-11-88758-18-0
"행복한나무" 도서번호 : 119

| 박기복 지음 |

고양이 미르의
자존감 선물

차림표

일러두기
본문 용어 중 '과민대장증후군'은 '과민성대장증후군'이 변경되어 사용하였음을
알려드립니다. 〈KOICD 질병분류 정보센터〉를 통해 확인하세요.

고양이는 완벽하다

앙증맞게 구부린 앞발을 한 데 모으고 걱정 한 줌 없이 잔다. 들숨과 날숨은 얇고 고르게 코끝을 간질거린다. 고운 선을 그리며 감은 두 눈에는 나른함이 깃들고, 솜털을 품은 두 귀 앞에서 바람마저 쉬어 간다. 곱게 다문 입술과 하얗게 목을 두른 흰 털들이 서로에게 기댄 채 한없는 편안함을 누린다. 봄 꽃잎을 시샘하는 바람처럼 괜히 장난기가 인다. 배를 집게손가락으로 슬며시 건드린다. 봄볕에 잠든 강아지 귀처럼 늘어진 두 다리가 움찔거리다가 멈춘다. 이번에는 손바닥으로 배를 쓰다듬는다. 오솔길처럼 누워 있던 꼬리가 팔랑거리더니 다시 자리에 눕는다. 아기자기하게 뻗은 콧수염을 건드리니 앞발을 움찔한다. 머리끝부터 발끝까지 오롯이 잠에 빠진 고양이는 흠잡을 곳 없이 완벽하다. 그 완벽함에 빠져 내 장난기도 사그라진다.

예쁘장하게 잠든 고양이를 지켜보다 나도 모르게 눈꺼풀이 감긴다. 고르고 부드러운 숨소리가 자장가가 되어 나를 다독인다. 고단하던 심장이 여유를 찾는다. 번거로운 생각을 털어 낸 머리는 텅 빈 하늘이 되어 고요한 바다가 된다. 긴장을 버티려고 힘이 잔뜩 들어갔던 두 어깨는 짐을 내려놓고 느긋함을 즐긴다. 벚꽃 바람 같은 편안함이 모처럼 온몸을 감싸며 나는 까무룩 잠에 빠진다.

하늘하늘 바람에 실려 아늑한 쉼~~~

배에 무게가 느껴진다. 아랫배에 무게가 실리고 윗배가 하나 둘 하나 둘 박자에 맞춰 눌린다. 고양이가 꾹꾹이를 하는 모양이다. 눈을 뜬다. 동그랗고 앙증맞은 두 눈이 밥 달라고 속삭인다. 꾹꾹이를 하는 앞발과 간절함을 담은 눈빛이 귀엽다. 그 귀여움을 더 보고 싶어서 밥을 주고 싶은 충동을 누른다. 고양이가 눈을 감았다 뜬다. 나도 눈을 감았다 뜬다. 다시 고양이가 눈을 감았다 뜬다. 나도 다시 눈을 감았다 뜬다. 고양이 눈동자가 내 눈동자를 꽉 채운다.

알았어, 빨리 줄게. 귀여워서 그랬지.

밥을 주고 한 걸음 떨어진다. 고양이는 밥상 앞에 앉아 맛있는 식사를 즐긴다. 밥을 다 먹고 입맛을 다신 고양이는 두리번거리더니 느긋하게 이곳저곳을 기웃거린다. 고양이 뒤태를 쫓던 내 눈이 잠깐 딴짓을 하는 사이에 고양이는 어디론가 모습을 숨긴다. 사라진 고양이가 무엇을 하나 궁금해서 찾아다니는데 보이지 않는다. 넓지도 않은 집인데 어디 숨었는지 알 수가 없다.

딸랑 소리가 나는 장난감을 꺼낸다. 몇 번 딸랑 소리를 내며 흔드니 '우다다다~' 소리를 내며 고양이가 뛰어온다. 장난감을 오른쪽 왼쪽 위아래로 빠르게 움직인다. 장난감 끝에 달린 생쥐가 잡히지 않으려고 부산하게 움직인다. 고양이는 장난감 끝에 달린 생쥐를 잡으려고 뛰고 구르고 뒹굴고 노려보고 달려들며 한참 논다. 생쥐가 앞발에 잡히면 고양이는 입으로 꽉 물고 의기양양하게 몇 걸음 걷다가 내려놓는다. 모른 척하다가 얼른 장난감을 잡아챈다. 다시 생쥐가 팔팔하게 도망치고 고양이는 다시 뛰고 구르고 뒹굴고 달려들며 생쥐 사냥에 빠져든다. 한참을 놀다 보니 팔이 점점 아파 온다. 장난감을 내려놓고 고양이를 껴안아 내 배 위에 올려놓는다. 머리를 쓰다듬으니 갸르릉거리며 기쁘게 내 손길을 반긴다. 생쥐를 잡으려고 힘이 들어갔던 몸이 풀어지며 내게 온몸을 맡긴다. 나는 소파에 기대어 느긋하게 시간을 보낸다. 다시 졸음이 온다. 눈이 감긴다. 내 날숨과 고양이 들숨이 만나고, 내 들숨과 고양이 날숨이 만난다. 한 몸이 되어 평화를 즐긴다.

따르릉~

고양이 미르의 자존감 선물

울리지 마. 지금은 나를 깨우지 마. 나는 그냥 이렇게 살고 싶단 말이야.

따르릉~~

배 위가 허전하다. 손을 움직여 고양이를 쓰다듬으려는데……, 고양이가 없다.

'고양이는 어디로 갔지?'

따르릉~~~

지긋지긋한 저 알람 소리.

눈을 뜬다. 꿈이다. 고양이는 없고……, 나는 현실로 돌아온다.

기쁨은 아련히 사라지고 스산한 과제들만 내 삶을 두드린다. 침대 둘레를 두리번거렸다. 혹시나 하는 기대였으나 역시나 고양이는 없었다. 그래도 잠깐은 행복했다. 참 오랜만에 따스한 꿈이었다. 깊은 잠이었다. 이런 꿈만 내 밤을 두드린다면 참 좋겠는데…….

내가 못난 백 가지 이유

|1장|

짜증 나는 현실

S#01 억지 봉사단

소시지볶음은 깨끗하게 먹었는데 달걀말이와 밥은 반을 남겼다. 깍두기와 시금치국은 처음 배식을 받은 그대로였다. 먹는 둥 마는 둥 하더니 젓가락을 거칠게 내려놓고는 갑자기 일어났다. 의자가 바닥에 긁히며 날카로운 소리가 났다. 말초신경을 긁어 대는 소음에 귀가 몹시 괴로웠다. 식판을 잡던 손이 멈칫하더니 나와 눈이 마주쳤다. 손나윤은 수저로 식판을 툭툭 치더니, 나를 향해 고개를 까닥했다. 그러고는 식판을 그대로 두고 가려고 했다.

"손나윤!"

내가 불렀다.

손나윤은 몸통은 그대로 둔 채 고개만 뒤로 돌렸다. 공포 영화에서

목이 돌아가 죽는 장면이 떠올랐다. 손나윤의 목을 살짝만 더 돌려 버리고 싶었다.

"식판을 두고 그대로 가면 어떡해?"

나는 짜증은 억지로 가리고, 친절로 포장한 말투를 골라서 꺼냈다.

"네가 치워."

손나윤은 턱을 까딱했다. 뾰족한 턱이 화살표처럼 보였다.

"네가 먹었으니 네가 치워야지."

선생님이 보았다면 친절 봉사상을 주고 싶을 만큼 고운 말투가 내 입에서 나왔다.

"넌, 햇살 봉사단이잖아. 봉사단이면 봉사단답게 봉사해야지."

손나윤은 내가 싫어하는 봉사란 낱말을 네 번이나 내뱉었다. 어떻게 하면 내 기분을 망칠 수 있는지 잘 아는 듯 보였다. 기분이 구정물에 빠진 듯 더러웠고, 햇살 봉사단이 아니라 억지 봉사단이라고 정정해 주고 싶었지만, 억지 봉사단답게 속내를 감추고 거짓 친절을 꾸며냈다.

"급식 봉사에 식판 치우기는 없어."

나는 친절하고 조용하게 말한다고 했는데 목소리가 너무 컸을까? 갑자기 많은 시선이 느껴졌다. 부담스러웠다.

"급식 봉사한다면서 우리보다 빨리 와서 먹어 놓고 가만히 서 있기만 하던데, 그게 봉사야? 식판 대신 치워 주면 확실히 봉사처럼 보이잖아. 내가 너한테 제대로 봉사할 기회를 주었으니까 고마워해."

뭐라고 대꾸하려다 말을 집어삼켰다. 보는 눈이 지나치게 많았다.

밥을 먹던 애들이 모두 나를 쳐다보는 듯했다. 더는 다투고 싶지 않았다. 손나윤이 가끔 뜬금없이 엉뚱한 짓을 벌이기는 하지만 소위 말하는 일진은 아니다. 그러니까 손나윤과 다툰다고 해서 겁나지는 않았다. 그러나 다른 사람의 시선은 나를 많이 불편하게 만들었다.

내가 아무 대꾸를 하지 않으니 손나윤은 그냥 가 버렸다. 나는 사라지는 손나윤을 물끄러미 보다가 식판으로 시선을 돌렸다. 봉사단을 하라며 등 떠민 엄마를 원망하기도 했지만, 그런 마음은 접었다. 엄마가 나에게 봉사단에 들어가라고 했지만, 나도 봉사단 활동이 과학고 진학에 도움이 될 거라고 판단했기 때문에 봉사단에 들어갔다. 원망할 대상은 엄마가 아니라 나였다. 나는 되도록 자연스럽게 식판을 집어 들었다. 손나윤과 싸움에서 밀려 굴종한다는 인상을 주지 않으려고 애썼다. 식판을 들고 반납대까지 가는데 수많은 시선이 내 뒤통수를 때렸다.

학생들이 다 빠져나간 급식실에 남아 마지막 정리까지 한 뒤에 주머니에서 약봉지를 꺼냈다. 알약을 손바닥에 놓으니 한 움큼이었다. 오랫동안 익숙한 약도 있고, 최근에 첨가된 약도 있었다. 약을 입에 털어 넣은 뒤 바로 물을 마시지 않고 잠시 약이 침에 녹기를 기다렸다. 약이 입안에서 녹으며 내 인생처럼 쓴맛이 났다.

S#02 짜증나는 짝꿍

손나윤이 즐겁게 웃는 소리를 들으며 교실에 들어섰다. 징그럽게 웃는 입을 찢어 버리든지 꿰매 버리고 싶은 충동이 일었다. 손나윤 입을 어쩔 수 없다면 내 귀라도 틀어막아 버리고 싶었다. 단짝인 채경이와 수다라도 떨면 기분이 풀릴 듯해서 채경이를 찾았는데 보이지 않았다. 자리에 앉았는데 갑자기 미세먼지라도 낀 듯이 머리가 흐려졌다. 눈을 감고 가만히 호흡을 가다듬었는데도 머리가 맑아지지 않았다. 졸리면 잠이라도 잘 텐데 온갖 잡생각이 안개처럼 피어오르며 잠이 오지 못하게 막았다. 눈을 떴다. 수학 문제라도 붙잡는 게 나을 듯했다. 수학 문제집을 꺼내서 생각 없이 풀었다. 이미 익숙해져 버린 문제유형이라 손이 저절로 움직였다. 흐릿한 상태에서도 뇌는 빠르게 답을 적어 냈다.

"어쭈, 공부도 못하는 게 점심시간에 수학 숙제하냐?"

새로운 짝꿍이 무시하는 말을 했다. 우리 반은 짝꿍을 2주마다 바꾸는데 나는 이민권이란 남자애와 짝이 되었다.

"신경 꺼."

더 부지런히 손을 놀렸다. 풀이와 답이 까맣게 쏟아져 나왔다.

"놀 때는 놀아야지, 그런다고 성적이 잘 나오는 줄 아냐?"

이민권은 오만한 눈빛으로 나를 깔아 봤다. '나는 꽤나 공부를 잘해서 너한테 이런 말을 해도 된다'는 듯한 자신감이 묻어나는 태도였다. 괜히 주눅이 들었다. 그렇다고 지기는 싫었다.

"너는 뭐 얼마나 공부를 잘한다고."

"딱 봐도 너보단 잘할 거야."

"네가 내 성적을 알기나 해?"

말다툼을 벌이면서도 문제를 푸는 손은 멈추지 않았다.

"너 같은 애야 뻔하지."

나는 짝꿍이 되기 전까지는 이민권을 전혀 몰랐기 때문에 이민권이 어느 수준인지 전혀 알지 못했다. 더 따지고 들었다가 이민권이 나보다 성적이 높으면 두고두고 놀림을 당할 듯했다. 그렇다고 뒤로 물러설 수도 없었다. 어떻게 해야 할지 판단을 내리지 못했다. 문제를 풀어 나가던 샤프심이 툭 부러졌다. 왼손으로 입술을 잡아 뜯었다.

"아름아, 아름아, 아름아!"

때마침 들어온 채경이가 내 이름을 호들갑스럽게 부르며 뛰어왔다. 다행이었다.

"이름 닳겠다."

"아름이 이름이 닳음?"

채경이가 던진 농담이 그리 웃기지 않았지만 이민권이 들으라고 일부러 크게 웃었다.

"혜나가 있잖아. 이번에 지~~~~인짜 웃겼어."

"혜나가 뭐라고 했는데?"

혜나는 별로 친하지 않은데 채경이와는 태어나면서부터 옆집에 살아서 아주 가깝다. 채경이 때문에 혜나와 가끔 어울렸는데 말끝마다

고양이 미르의 자존감 선물

농담을 하는 애였다. 힐끗 이민권을 보았는데, 얼굴을 찡그리며 왼손
으로 눈 밑을 긁고 있었다. 실수로 눈이라도 찌르길 바랐다.

"혜나가 내 초상화를 그렸거든. 근데 조금도 안 닮은 거야. 그래서
내가 따졌더니……."

"채경아! 네 목소리가 복도에서도 들린다."

담임 선생님이었다. 5교시는 담임 선생님 수업이다. 채경이는 깔깔
깔 웃더니 나중에 얘기해 주겠다고 하고는 자기 자리로 갔다. 이민권
이 교과서를 책상에 올려놓는데, 그 진지함에서 우등생 분위기가 물씬
풍겼다. 혹시 이민권이 나보다 성적이 높을까? 입술을 잡아 뜯었다.

S#03 줄을 서는 이유

"요즘처럼 수도꼭지만 돌리면 물이 나오는 환경에서 지내는 너희들이야 아주 낯설게 들리겠지만, 물 자원을 둘러싼 갈등도 아주 심해. 물을 자원이라고 부르니 낯설지도 모르겠는데, 물이야말로 인간에게 가장 중요한 자원이지. 자원이 지닌 가장 중요한 특징이 뭐라고?"

담임 선생님은 사회 과목을 가르친다.

"희소성이요."

박서준은 늘 앞장서서 대답한다.

"그래, 희소성이야. 옛날에는 언제 어디서나 공기가 깨끗했지만, 요즘은 툭하면 미세먼지 때문에 숨을 쉬기도 겁날 지경이야. 맑은 공기가 희소해진 거지. 그러면 맑은 공기는?"

"자원이 아니었다가 이제 자원이 된 거죠."

역시 박서준이 대답했다.

"얼마 전에 친구가 뉴질랜드에 놀러 가서 찍은 사진을 보여 줬는데, 맑은 하늘이 어찌나 깨끗해 보이던지 그 공기를 마시러 뉴질랜드에 가고 싶다는 마음이 드는 거야. 만약 나중에 내가 맑은 공기를 마시러 뉴질랜드에 여행을 간다고 해 봐. 그럼 뉴질랜드는 맑은 공기라는 자원으로 돈을 버는 거지."

선생님은 말하면서 칠판에 빠르게 적었고, 나는 같은 속도로 받아 적었다.

고양이 미르의 자존감 선물

"공기도 자원이 되는 상황이니 물은 더 말하지 않아도 알겠지? 물이 없으면 생명도 없어. 생명을 유지하는 가장 중요한 자원이 바로 물이야. 이제껏 석유 자원을 둘러싼 갈등이 극심했다면 앞으로는 물을 둘러싼 갈등이 더 심해질 거야. 인구가 늘고, 환경오염은 심해지고, 경제 개발은 빨라지면서 맑은 물은 점점 줄어들고 있어. 즉 소비는 늘고, 공급은 줄어드는 상황! 이럴 때 어떤 일이 벌어진다고?"

"자원 경쟁!"

이번에는 박서준이 아니라 이민혜가 대답했다.

"물 자원은 한정되어 있고, 그 자원을 욕망하는 사람은 점점 늘고 있어. 그러니 경쟁이 격화될 수밖에 없어. 너희들이 살 세상이 이래. 너희들이 원하는 안정된 직업은 한정되어 있지만, 그걸 욕망하는 사람은 굉장히 많아."

선생님은 자원을 작은 글씨로 쓰고 동그라미를 쳤다. 그러고는 동그라미 둘레에 욕망이란 글씨를 크게 몇 개 쓰고는 화살표가 동그라미를 향하도록 그렸다. 나는 선생님이 쓴 글씨와 그림을 공책으로 옮겼다. 칠판에 표현된 비율에 맞추려고 두 번이나 지우개를 썼다.

"시험을 왜 볼까? 실력을 확인하려고? 모자란 점을 파악해서 더 잘 가르치려고? 겉으로 내세우는 명분은 그렇지. 물론 진실은 그게 아니야. 진실은 자원 경쟁에 있어. 성적으로 줄을 세워서 한정된 자원을 배분하는 거야. 자원 배분이야말로 너희들이 시험을 보는 가장 주된 이유지. 성적으로 자원 배분을 결정하는 방식이 과연 공평할까? 확실히 그렇다고 말할 수는 없어. 그렇지만 현실은 성적으로 자원 배분이 이루어져. 한정된 자원은 최상위 성적을 차지한 사람이 많이 차지하고, 아래로 갈수록 부스러기만 조금씩 나눠 갖는 거지."

표현만 달랐을 뿐 이미 숱하게 들었던 이야기고, 나도 익히 아는 현실이라 별 감흥이 없었다. 다만 선생님이 하는 말을 공책에 적어야 할지 말아야 할지가 고민이었다. 잠깐 고민하다 '시험=자원 경쟁'이라고 적었다. 선생님은 한참 동안 '꿈'과 '경쟁'이란 말을 섞어 가며 열변을 토했지만 더는 필기할 게 없어서 멍하니 있었다. 열변이 끝나고 선생님이 식량 자원 경쟁을 설명했고, 그제야 나는 다시 연필을 쥔 손에 힘을 주었다.

S#04 자존심과 성적의 비례식

　수업이 끝나자마자 나는 내가 필기한 공책을 훑어봤다. 공책에 잘못 써서 시험문제를 틀린 적이 있었는데, 그 때문에 생긴 습관이었다. 수업 시간에 들었던 기억을 더듬으며 공책을 살피는데 이민권이 또다시 시비를 걸었다.

　"누가 보면 전교 1등이라도 되는 줄 알겠네."

　어쩌면 이민권 입에서 나오는 말은 몽땅 다 재수가 없는지 모르겠다.

　"신경 끄라니까."

　"바로 옆에서 재수 없이 구는데 어떻게 신경을 끄냐?"

　"너는 뭐 얼마나 잘나서."

　"딱 보면 모르냐. 너보다는 잘났지."

　이런 시비꾼에 잘난 척쟁이인 짝꿍과 2주를 보내야 하다니, 가슴이 답답해졌다.

　"아름아, 아름아! 아까 있잖아."

　그때 채경이가 부산을 떨며 나타났다. 채경이는 아까 못 했던 혜나 이야기를 하려다가, 나와 이민권이 다투는 걸 보고는 어이없어 했다.

　"누가 모범생들 아닐까 봐 점수로 싸우는 거야? 100등이 목표인 내 앞에서……."

　채경이는 100등이 목표다. 쌍꺼풀 수술을 하고 싶은데 엄마가 100등 안에 들면 해 주겠다고 했기 때문이다. 채경이는 시험 전날에도 노래방에 가서 혼자 놀 만큼 시험에 얽매이지 않는다. 그런 채경이에게 100등은 꿈에서도 이루기 힘든 목표다. 아마 채경이 엄마도 딸이 100등 안에 절대 들지 못할 걸 알고 쌍꺼풀 수술을 상으로 걸었을지도 모른다.

"뭐 그딴 걸로 싸우냐? 그냥 성적을 까!"

채경이가 명쾌하게 해결책을 제시했다. 혹시라도 이민권이 나보다 높을지도 모른다는 걱정이 들었지만 그렇다고 그 상황에서 물러설 수는 없었다. 내가 먼저 채경이에게 귀엣말로 지난 학기 등수를 알려 주고는 이민권이 채경이에게 귀엣말을 하는 모습을 초조하게 지켜봤다.

"아름이가 6등 높네. 자, 싸움 끝!"

채경이는 내 등을 가볍게 치더니, 활짝 웃었다. 나는 최대한 오만한 표정을 지었다. 이민권 입이 씰룩거렸다. 참으로 오랜만에 맛보는 통쾌함이었다. 자존심이 이민권보다 딱 여섯 단계 높아졌다. 이민권을 제대로 뭉개 주고 싶은데, 아쉽게도 채경이는 그럴 틈을 주지 않았다.

"그래서 혜나가 내 초상화를 그렸는데……."

"야, 신채경! 너, 모둠 발표 준비는 다 했어?"

이민혜가 채경이를 불렀고, 채경이가 하려던 혜나 이야기는 또다시 끊기고 말았다.

"아, 이런 깜박했다. 미안……. 혜나 이야기는 나중에 다시 해 줄게."

채경이는 촐랑거리며 이민혜한테 달려갔다.

"공부 잘하는 짝꿍님! 성공하시면 못난 저 좀 잘 부탁합니다."

채경이가 사라지자마자 이민권이 빈정거리며 말했다.

"미쳤냐? 내가 너 같은 애를 도와주게? 성공해서 너한테 갑질이나 안 하면 다행으로 알아."

성적이 높다는 우월감을 바탕으로 나는 아주 세게 받아쳤다.

"앞으로는 공부 잘하시는 짝꿍님 방해하면 안 되겠네."

내가 그만하라고 거듭 말했지만 이민권은 쉬는 시간 내내 계속 나에게 시비를 걸었다. 이런 쓸데없는 시비는 무시하면 되는데 그게 잘 안된다. 짜증은 치솟아 오르는데 혹시라도 책잡히거나 나쁜 소문이 날까 봐 욕은 함부로 못 하겠고, 가슴이 답답했다.

2장

내가 마음에 안 들어

S#05 묻어가면 편해

"최근 소설보다는 옛날 소설이 좋지 않겠어? 검색하면 자료도 많을 거고."

박서준이 먼저 제안을 했다.

"그렇긴 하지만 그때 소설은 우리 정서랑 잘 안 맞잖아. 어쨌든 읽어야 하는데 재미도 없고. 과제로 하는 거지만 재미는 있어야지. 재미없으면 읽기도 싫어. 그러니까 요즘 나온 소설 가운데 재미난 걸로 하는 게 좋다고 봐."

승희가 다른 제안을 했다.

"옛날 소설이 재미없다는 생각은 편견이야."

박서준이 반론을 폈다.

"몇 권 읽었는데 정말 재미없었다니까."

승희가 입을 삐죽 내밀었다.

"너희 생각은 어때?"

박서준이 나와 김선규에게 물었다.

박서준과 승희가 팽팽히 맞서는 상황에서 나는 섣불리 의견을 정할
수 없었다. 한편으로는 승희 말이 맞는 듯하고, 또 한편으로는 박서준
말이 맞는 듯했다. 마음을 정하지 못한 나는 괜히 고민하는 척했다.

"책을 읽기도 귀찮고, 그냥 검색하면 편한 걸로 해."

김선규가 박서준 쪽으로 붙자, 세 사람 시선이 일제히 나에게 쏠렸
다. 모둠원이 넷인데 네가 이 상황에서 승희 의견을 따르면 괜히 2대 2
로 맞서는 꼴이 된다. 조금 따져 보니 마음은 승희 쪽에 가까웠다. 그
렇지만 논쟁에 에너지를 낭비하고 싶지 않았다. 굳이 내 의견을 내세
우기보다 다른 사람 생각에 묻어가면 편하다. 나서서 주장하면 책임만
커진다. 학교생활을 해 오면서 다른 사람 의견에 얹혀가는 게 편하다
는 사실을 여러 번 깨달았다. 얹혀 가면 비난을 받을 가능성도 적어진
다. 나는 그저 동조했을 뿐이기에 일이 틀어지면 슬쩍 뒤로 빠져도 되
기 때문이다. 조금 비겁한 짓이지만, 학교생활을 하면서 터득한 처세
술 가운데 하나다.

"나도 서준이 의견이 좋다고 봐."

내가 박서준 의견에 동조하면서 모둠 의견은 3대 1이 되었고, 논쟁
은 끝이 났다.

"에이, 뭐야! 옛날 소설은 재미없는데."

승희가 투덜거리며 불만을 표시했지만 결정을 되돌릴 수는 없었다.

"좋아. 그럼 옛날 소설로 하기로 하고. 내가 작품을 골라 봤는데, 전후 소설로 「오발탄」(이범선)이라고 있어. 잠깐 살펴보니 자료도 많고, 영화도 있어서 꽤 괜찮을 것 같은데, 어때?"

굳이 반대할 이유가 없었다. 박서준처럼 적극 앞장서서 수행평가를 이끄는 애와 같은 모둠이 되면 수행평가가 참 편하다. 박서준과 함께 국어 수행평가 모둠이 되었을 때 속으로 반가워한 이유이기도 하다. 박서준은 각자 역할까지 일사천리로 나눴다. 모둠회의는 우리가 가장 먼저 끝냈고, 잠시 기다리는 사이에 다른 모둠들도 회의를 마쳤다.

발표도 하고 모둠회의도 하면서 수업 시간이 예상보다 많이 지나서인지 국어 선생님은 아주 빠르게 수업을 진행했다. 나는 한 글자도 놓치지 않으려고 빠르게 받아 적었다. 빠른 설명 탓에 이해가 안 가는 대목이 두어 곳 있었지만 묻지 않았다. 박민정은 내가 이해가 안 되는 대목 가운데 하나를 짚어서 질문했는데, 국어 선생님은 잠깐 멈칫하더니 인터넷을 찾아보라고 말하고는 넘어갔다. 대다수 선생님들은 질문 받기를 꺼려 한다. 더구나 국어 선생님이 진도를 나가려고 빠르게 설명을 하는 상황에 질문을 하다니, 박민정은 참 눈치가 없다.

S#06 거절은 힘들어

금요일은 6교시만 수업하고 끝나는 날이다. 금요일은 일주일에 한 번씩 병원에 가는 날이기도 하다. 병원을 다녀온 뒤에는 곧바로 학원으로 가야 하고, 일단 학원에 가면 저녁까지 계속 수업을 들어야 하기에 쉴 틈이 없다. 그래서 집에서 조금이라도 더 많이 쉬려고 하교를 서둘렀다. 가방을 다 챙겨서 친구들과 같이 복도로 나갔는데 담임 선생님과 딱 마주쳤다. 인사를 하고 지나치려는데 선생님이 나만 불러 세웠다.

"아름아, 잠깐 선생님 좀 도와줄래."

같이 가던 친구들은 선생님 눈치를 살피더니 잽싸게 도망쳐 버렸다. '야, 이 배신자들!'이라고 소리치고 싶었지만 선생님 앞이라 차마 입을 떼지 못했다.

"네? 무슨……?"

도망치는 친구들 뒤통수를 눈으로 뒤따라가느라 선생님께 제대로 답을 못 했다.

"선생님이 동아리 담당이잖아. 오늘까지 동아리활동 분류 통계를 작성해서 보고서도 만들고 게시도 해야 하는데, 도와줄 애가 너밖에 떠오르지 않아서……."

'반장, 부반장도 있고, 동아리 회장들도 많은데 왜 하필 저만 시키세요?' 하고 따지고 싶었지만 역시 입이 열리지는 않았다. 이어서 나오는 말은 나를 꼼짝없이 옭아매고 말았다.

"네가 햇살 봉사단이잖아. 너처럼 잘 도와주는 학생은 없더라. 도와줄 거지?"

우리 반에서 햇살 봉사단인 학생은 나밖에 없었다. 그래서 선생님은 툭하면 나를 붙잡고 도와 달라고 했다. 학급 임원들보다 나를 더 찾았다. 담임 선생님이 붙잡고 부탁을 하는데 모른 척하고 그냥 갈 수는 없었다. 더구나 나는 거절을 잘하지 못하는 편이다. 특히 차마 외면하지 못하는 상황이 닥치면 더욱 거절을 못 한다. 그렇다고 내 됨됨이가 아주 착한 편은 아니다. 인성은 평범한데 유독 연민이 강해서 차마 외면하지 못하는 경우가 많을 뿐이다.

하는 수 없이 선생님을 따라갔다. 나는 교무실 귀퉁이에 놓인 책상에서 선생님이 하시는 일을 도왔다. 각종 동아리 신청서를 분류하고, 회원 명단을 정리했다. 각 반별로 동아리 활동에 참가한 인원도 확인하고, 활동 성격별로도 통계를 냈다. 각 동아리들이 제출한 활동 계획서도 하나씩 다 스캔을 했다. 마지막으로 큰 표에 가로줄과 세로줄을 긋고 한눈에 보기 좋게 통계표도 만들었다. 선생님과 함께 작업하면서 계속 시간을 봤다. 병원에 갈 시간이 다가오면서 집에서 쉴 수 있는 시간은 점점 줄어들었다. 손놀림을 빨리했지만 병원에 갈 시간에는 빠듯하게 일이 끝났다.

"아름아, 고마워! 네 덕분에 빨리 끝났네. 역시 너밖에 없어."

선생님이 나를 한껏 칭찬했다. 선생님에게 붙잡히는 바람에 아침부터 저녁 늦게까지 조금도 쉬지 못하고 강행군을 이어가게 됐지만, 그래도 칭찬을 들으니 기뻤다.

"앞으로도 종종 부탁할게."

이 말을 듣지 않았다면 힘들어도 기쁜 마음으로 나왔을 텐데, 앞으로도 이런 일이 반복될 거라 생각하니 어깨가 무겁고 가슴이 답답했다. 선생님께 인사를 드리고 서둘러 밖으로 나왔다. 까딱하면 진료 시간에 늦을 듯했다. 정거장을 향해 뛰었다. 숨이 찼다. 무거운 가방이 자꾸 몸을 주저앉히려고 했다. 신호등을 건너야 하는데 아슬아슬하게 빨간불로 변하고 말았다. 초조하게 시간을 확인했다. 신호등은 아직 빨간불인데 내가 타야 할 버스가 나타났다. 버스가 정류장에 도착한 때에 맞춰 신호등이 바뀌었다. 나는 달리기 시험을 보듯이 재빨리 뛰었다. 영화처럼 아슬아슬하게 버스에 올라탔다. 숨이 목구멍까지 차올랐다. 헐떡거리느라 곧바로 버스카드를 대지도 못할 정도였다.

S#07 숨쉬기 힘들어

자리에 앉았는데도 숨이 가빴다. 호흡이 거칠어졌다. 심호흡을 했다. 겨우 숨이 가라앉았다. 버스 창밖으로 지나가는 풍경을 보다가 문득 손나윤이 떠올랐다. 식판을 놓고 가면서 봉사할 기회를 주었으니 고마워하라니, 떠올릴수록 부아가 치밀었다. 나보다 성적도 낮으면서 잘난 척하며 재수 없게 군 이민권을 떠올리니 속이 부글부글 끓었다. 조금이라도 쉬고 싶었는데 나를 끌고 가서 일을 시킨 선생님도 원망스러웠다. 친구들은 다 도망쳤는데 거절 못 하고 끌려가 고생한 내 자신도 한심했다. 손나윤도 이민권도 선생님도, 그리고 나도 다 싫었다.

갑자기 호흡이 빨라졌다. 스스로 제어가 안 될 만큼 숨이 가빴다. 빨리 뛰었을 때 찾아오는 가쁜 숨과는 달랐다. 차분하게 쉬려고 해도 호흡이 가라앉지 않았다. 숨이 점점 빨라지더니 머리가 어지러워졌다. 불안이 엄습했다. 또 다른 병이 나를 덮친 걸까? 이대로 쓰러지는 걸까? 불안감이 심해지니 숨도 더욱 가빠졌다. 눈앞이 뿌옇게 변했다. 소리를 지르며 쓰러지고 싶은 충동이 올라왔다. 버스 안에서 소리를 지를 수는 없었다. 입을 틀어막았다. 두 손에 잔뜩 힘이 들어갔다. 손으로 코와 입이 막혀서인지, 아니면 억지로 숨을 참으려고 해서인지 모르지만 어지럼증이 가라앉으며 시력도 정상으로 돌아왔다.

버스에서 내린 뒤에도 두 손으로 입과 코를 틀어막은 채 병원으로 걸어갔다. 호흡이 가빠지지 않도록 최대한 느릿하게 걸었다. 병원에 들어가니 간호사가 곧바로 나를 진료실로 안내해 주었다.

"안색이 안 좋아 보이네?"

의사 선생님은 아빠와 가까운 사이다.

"학교에서 담임 선생님 도와드리느라 늦어서 뛰었더니, 조금 힘들어서⋯⋯."

"뛰어서 힘든 표정이 아닌데?"

"저도 모르겠어요. 버스에서 갑자기 호흡이 가빠지고 어지러우면서 눈이 뿌옇게 변하고."

"버스에서 갑자기 그랬단 말이지?"

"네."

"오늘 너를 유난히 힘겹게 하는 일이 있었니?"

나는 손나윤, 이민권과 벌어진 일을 이야기했다. 쉬고 싶었지만 담임 선생님에게 붙잡혀 고생한 이야기도 털어놓았다.

"화가 많이 났겠네. 버스 안에서도 오늘 겪은 일을 떠올렸을 테고."

"맨날 지난 뒤에 후회하고, 힘겨워하고. 제가 늘 그러는 거 아시잖아요."

"갑자기 숨이 가빠지고 눈이 뿌옇게 되었다면서, 어떻게 괜찮아졌어? 엄청 힘들었을 텐데."

"모르겠어요. 소리를 지르고 싶은 충동이 일어났는데⋯⋯. 아시겠지만 제가 충동장애가 있잖아요. 그런데 버스 안에서 소리를 지르면 안 되니까 두 손으로 이렇게 틀어막았어요. 그랬더니 조금씩 호흡이 가라앉으면서 괜찮아졌어요."

나는 두 손으로 얼굴을 감싸며 입을 틀어막는 시늉을 했다.

"과호흡증후군이구나."

"과호흡증후군이면, 제가 또 새로운 병을 얻은 건가요?"

"병이라기보다는 그냥 증상이야. 걱정 마. 굳이 약을 먹지 않아도 되니 심각한 증상은 아니라고 봐야지. 다시 증상이 생기면 오늘처럼 입과 코를 막고 호흡하면 돼."

의사 선생님이 나를 안심시키려고 애를 썼는데, 굳이 그렇게 하지 않아도 걱정은 안 됐다. 나에겐 어차피 수많은 병이 있고, 그 많은 병에 또 하나가 덧붙여졌을 뿐이니까.

고양이 미르의 자존감 선물

S#08 종합병원

"산소뿐 아니라 이산화탄소도 우리 몸에 꼭 있어야 하는데, 과호흡으로 지나치게 이산화탄소를 많이 배출하면 이산화탄소가 모자라게 돼. 이산화탄소가 모자라면 어지럼증, 시력장애, 경련과 같은 증상이 나타나. 과호흡이 일어나는 원인은 다양한데 네 경우는 마음에서 왔다고 봐야지. 네가 겪는 다른 병들도 거의 다 그렇듯이, 마음이 아프면 몸도 아프게 되거든."

선생님은 내가 새로운 병을 얻으면 자세히 설명해 준다. 그 덕분에 나는 온갖 질환에 대한 지식을 꽤나 깊이 터득했다. 물론 다 내 몸에서 나타나는 병이지만 말이다.

"저는 어쩔 수 없는 것 같아요. 아무리 상담을 하고, 약을 먹어도 나아지지 않으니……."

내게 찾아온 첫 질병은 '과민대장증후군'이었다. 대장이 지나치게 민감하게 반응해서 아무 때나 설사가 났다. 다행히 사람들이 있는 곳에서 실수를 한 적은 없지만 늘 불안함에 떨어야 했다. 수업 때마다 긴장하고, 친구들과 편하게 놀지도 못하고, 멀리 여행을 가기도 두려웠다. 요즘에는 많이 좋아져서 그나마 혼자 버스를 타기도 하고, 친구들과 같이 어울려 놀기도 하지만, 한참 심할 때는 밥을 먹지 않고 하루를 버텨야 할 만큼 고통스러웠다.

"자꾸 자신을 깎아내리지 마. 너는 많이 강해졌고, 몸도 예전보다는 많이 좋아졌잖아. 과민대장증후군도 거의 사라졌고."

"그것만 좋아졌죠."

나는 '그것'과 '만'을 끊어서 발음했다.

"한랭두드러기에 천식에 방광염에 관절염에 충동조절장애에…….
또 뭐가 있죠? 저도 제 병이 다 생각이 안 나네요. 그런데 이제 과호흡
증후군까지. 앞으로 또 뭐가 올지 어떻게 알겠어요. 나아졌다고 위로하
기에는 제 상태가 너무 심각한 것 같아요."

과민대장증후군이 생긴 뒤 얼마 지나지 않아 갑작스럽게 먼지 알레
르기가 생겼다. 요즘처럼 미세먼지가 넘쳐나는 때에는 마스크가 없으
면 버티지 못한다. 먼지 알레르기 뒤에는 천식이 생겼고, 또 얼마 뒤에
는 방광염과 관절염으로 고생했다. 조금만 피곤하면 곧바로 염증이 도
져서 약을 먹어야 한다.

가장 무서운 병은 충동조절장애다. 강렬한 충동이 올라오면 스스로
나를 어쩌지 못한다. 버스 안에서도 소리를 지르고 싶은 걸 참느라 무
척 힘들었다. 충동조절장애는 어느 날 밤 숙제를 하다가 갑자기 찾아
왔다. 숙제를 한참 하는데 갑자기 오른손이 연필을 놓더니 내 목을 졸
랐다. 이해할 수 없는 현상이었다. 내 손을 내가 통제할 수가 없었다.
왼손으로 오른손을 말리고 오른손은 내 목을 졸랐다. 식은땀이 났다.
조금만 더 오른손이 힘을 주면 그대로 죽을지도 모른다는 공포가 엄습
했다. 그런데도 오른손은 여전히 내 목을 세차게 졸라 댔다. 나는 울면
서 문을 박차고 뛰쳐나갔다. 거실에는 아빠가 있었다.

"아빠, 나 좀 말려 줘. 내 손이 어떻게 됐나 봐."

아빠는 처음에는 무슨 일인지 몰라서 멀뚱멀뚱 쳐다보다가 내 얼굴 빛이 새파래지는 걸 본 뒤에야 사태를 짐작하고는 내 오른손을 내 목에서 떼어 냈다. 아빠는 내 오른손을 꼭 붙잡았고, 나는 아빠 품에 안겨서 한참을 서럽게 울었다.

그 사건이 일어난 뒤에 아빠는 친구인 정신과 의사 선생님과 상담을 했다. 그러고는 나를 정신과 병원에 보내서 정신과 상담을 받게 하고, 약도 먹게 했다. 나는 일주일에 한 번씩 상담을 받고 약을 먹는다. 그 덕분에 조금 좋아졌고, 그나마 버티면서 살 수 있게 되었다.

상담을 마치고 처방전을 받았다. 처방전을 보니 약이 하나 더 늘었다. 더해진 약만큼 삶을 누르는 무게 또한 더해진다. 저주라도 걸린 듯 온갖 병이 덕지덕지 붙은 내 몸이, 나는 싫다.

| 3장 |

뒤죽박죽 내 인생

S#09 삼각김밥

집에 잠깐 들러서 학원 가방을 챙긴 뒤에 곧바로 학원으로 향했다. 밥을 제대로 챙겨 먹을 여유는 없었다. 편의점에 들러 삼각김밥을 샀다. 굶을 수는 없었다. 과민대장증후군이 생긴 뒤로 굶고 지낸 적이 많기 때문에 배고픔은 문제가 안 된다. 배고픔은 견딜 수 있지만 약은 먹지 않으면 안 된다. 약을 안 먹으면 온갖 증상이 한꺼번에 나타난다. 의사 선생님은 한두 번 약을 먹지 않아도 갑자기 병이 심해질 수는 없으며, 그냥 불안감 때문에 나타난 착각이니 불안을 다스리라고 한다. 나도 알지만 그게 마음대로 안 된다. 다스릴 수 있다면 병이 아니다. 내손을 내가 어쩌지 못하는 황당한 일을 겪은 뒤로 나는 내 자신을 믿을 수 없게 되었다. 내 몸도 내 의지로 어쩌지 못하고, 내 마음은 더욱 내

고양이 미르의 자존감 선물

의지 밖에서 움직인다.

삼각김밥을 사서 편의점 앞 의자에 앉았다. 그나마 미세먼지가 없어서 천만다행이었다. 마스크를 끼지 않으니 먹기 편했다. 곧 들어가야 할 학원 건물 간판에 불이 들어왔다. 김밥 한 입 먹고 간판에 쓰인 글씨를 읽었다. 너도나도 자신을 읽어 달라고 유혹하는 불빛들이 처량해 보였다. 서로 돋보이려고 화려함으로 치장하다 보니 모두 현란해지고, 결국 아무도 돋보이지 않았다. 마치 학원을 다니는 우리들 상황과 비슷했다. 모두 앞서려고 몸부림치지만 결국 아무도 그 몸부림에서 헤어나올 수 없다. 그렇다고 몸부림치지 않으면 불 꺼진 간판처럼 혼자 뒤처지게 된다. 불 꺼진 간판은 아무도 찾지 않는다. 학원은 더는 선택이 아니다. 학교가 감옥이라면 학원은 전자팔찌다. 벗어날 수 없는 굴레다.

김밥을 다 먹고 호흡을 몇 번 한 다음 가방에서 약봉지와 텀블러를 꺼냈다. 나는 장이 예민하기에 아무 물이나 함부로 마시지 않는다. 엄마가 늘 위장에 좋은 물을 끓여 주면 물병에 담아서 다닌다. 약을 입에 넣고 잠시 쓴맛을 즐긴 뒤에 물을 마셨다. 익숙한 맛이 목을 타고 위장을 감쌌다. 엄마가 정성스럽게 우려낸 물이 위장을 따스하게 위로한다. 텀블러를 가방에 넣는데 두꺼운 책이 눈에 띈다.

엄마가 권해 준 책이다. 엄마는 공부보다 책을 더 중요하게 여긴다. 엄마가 끊임없이 강요한 덕분에 나는 늘 책을 읽는다. 엄마는 돈보다 행복이 중요하며, 책을 읽어야 행복하게 즐길 힘이 생긴다고 했다. 나는 엄마와 생각이 다르다. 하고 싶은 일을 하면서 돈을 제대로 못 번다면 차라리 하기 싫은 일을 하더라도 돈을 잘 버는 편이 낫다고 믿는다. 인생은 성적으로만 결정되지 않는다고 어른들은 말하지만, 실상은 정반대다. 사람들은 내 성적으로 나를 평가한다. 학벌이 곧 나다. 서울대 나왔다고 하면 괜히 달리 본다. 좋은 친구가 얼마나 많은지, 얼마나 진실한지, 얼마나 연민이 많은지 따위는 나를 판단할 때 아무런 고려 대상이 아니다. 빵빵한 성적과 화려한 수상경력이 없으면 학창시절을 헛되이 보냈다고 평가한다.

엄마는 문제를 풀 때 이해부터 하라고 늘 강조한다. 엄마 말은 옳다. 그렇지만 실천은 불가능하다. 학교와 학원은 내가 원리를 깨우칠 때까지 기다려 주지 않는다. 이해하는 데는 시간이 많이 드는데 그만한 시간이 내게는 없다. 시간은 늘 빡빡하고 배움을 미처 소화하기도 전에 새로운 공부가 밀려들어 온다. 이해는 사치다. 시험을 잘 보려면 그냥 외워야 한다. 학원에서 인정받으려면 닥치는 대로 외워야 한다. 문제를 이해해서 풀려고 했다가는 망한다. 끊임없는 반복으로 문제를 보면 손이 저절로 움직이게 해야 한다. 기계가 되지 않으면 안 된다. 내가 얼마나 기계화되었는지에 따라 시험점수가 달라진다. 나는 기계가 아닌데, 학교와 학원은 내게 기계가 되기를 요구한다. 숨이 막힌다.

가방을 멨다. 이제 현실로 돌아갈 때다. 엄마와 아빠는 더 없이 좋은 분이고, 공부도 시험도 강요하지 않지만, 나는 현실을 통해 더 많은 깨달음을 얻었다. 현실은 가혹하고, 나는 두렵다.

고양이 미르의 자존감 선물

S#10 소리 없는 아우성

"자 봐, 작은 거인, 거인은 클 거(巨)에 사람 인(人)이야. 큰 사람이란 뜻이지. 그런데 작은 거인이래. 한자를 우리말로 풀면 작은 거인이란 말은 큰데 작은 사람이란 뜻이야. 말이 돼? 안 되지? 이런 걸 역설(逆說)법이라고 하는 거야. 모순(矛盾)되는 표현을 역설법이라고 생각하면 돼. 모순(矛盾)이 뭔지는 알지?"

요즘은 국어가 더 어렵다. 분명 우리말인데 영어보다 더 모르겠다. 모순이 대충 무슨 뜻인지는 알지만 정확한 뜻인지는 모른다. 나는 입을 다물고 빤히 학원 선생님을 바라보았다. 역사를 잘하는 이성민이 손을 들더니 중국 고사성어 어쩌고저쩌고하며 떠들었다.

"성민이가 설명 잘했어. 자, 또 다른 예를 보자. 역설 하면 늘 나오는 표현으로 '소리 없는 아우성'이 있어. 이게 왜 역설인지 모르겠어? 잘 봐. 사전에는 아우성이 여럿이서 시끄럽게 악을 쓰는 소리라는 뜻으로 나와. 아우성에 시끄럽게 소리를 지른다는 뜻이 있는데, 소리가 없는 아우성이라니, 말이 될까? 그래, 안 되지. 모순이야! 그래서 역설법이야."

'작은 거인'이나 '소리 없는 아우성'이 모순되는 표현인지는 알겠다. 그렇지만 왜 굳이 시에 저런 이상한 표현을 쓰는 걸까? 잘 모르겠다. 시험 문제를 내려고, 학생들을 골탕 먹이려고 만들어 낸 거란 생각밖에 안 든다.

"역설법을 정확하게 이해하려면 스스로 만들어 봐야 해. 각자 역설법을 한번 만들어 보자."

뭔가 알 듯하지만 명확하지는 않았다. 나는 제대로 알지도 못하는데 발표를 해야 하는 상황이 싫다. 모자란 내 실력이 고스란히 드러나게 될까 봐 걱정스럽다. 머리를 쥐어짜서 대충 흉내를 냈다.

"자, 누가 먼저 발표해 볼까?"

애들은 서로를 살피며 먼저 안 하려고 했다. 다들 자신이 없는 눈치다. 이럴 때는 눈치껏 뒤로 빠져야 한다. 너무 뒤로 가도 안 되고, 너무 앞에 해도 안 된다. 중간쯤에 묻혀서 지나가야 좋다. 그런데 운 나쁘게도 선생님과 눈이 딱 마주치고 말았다.

"오, 아름이가 먼저 해 봐."

선생님은 반갑게 웃는데 나는 그 웃음이 전혀 반갑지 않았다.

"이게 맞는지 모르겠는데……."

"괜찮으니까 해 봐. 틀려도 돼."

틀려도 된다는 말은 위로가 되지 않았다.

"이게 모순인지……, 제가 보기에는 조금 이상한데……."

"괜찮다니까. 어차피 다들 잘 모르는 상태니까 그냥 해."

선생님 목소리에 살짝 짜증이 배어 나왔다. 더 뒤로 빼는 것은 좋지 않을 듯했다.

"잊고 싶지 않은데 잊혀져만 가는 기억."

나는 자신 없는 목소리로 발표를 했고, 선생님은 내가 발표한 문장을 칠판에 적었다.

"이게 왜 역설이라고 생각해?"

"잊고 싶지 않은데 잊혀지니까 서로 모순되는 거 아닌가요?"

"잊고 싶지 않은데 잊히는 게 모순일까? 예를 들어, 공식을 잊고 싶지 않은데 공식이 잊히는 게 모순이라고 생각하니? 실제로 벌어지는 일 아니야? 역설은 모순! 명심해."

자신이 없었는데 역시 틀리고 말았다. 얼굴로 열기가 올라왔다. 이성민이 비웃는 게 보였다.

"그리고 '잊혀지다'는 틀린 표현이라고 몇 번 이야기했지? 이중피동이라고."

선생님이 단호하게 지적했다. 소리 없는 아우성이 내 안에서 소용돌이쳤다.

S#77 넌 나보다 못해

국어 학원에서 나올 때는 침울했는데, 수학 학원으로 걸어가면서 조금씩 기분이 나아졌다. 국어는 자신 없지만 수학은 자신 있다. 어릴 때부터 나는 숫자를 다루기 좋아했고, 계산도 빨랐다. 구구단도 금방 외웠다. 남들이 들으면 재수 없다고 할지도 모르지만 수학 문제를 풀면 즐겁다. 좋아서 잘하는지, 잘해서 좋아하는지는 잘 모르겠다. 아무튼 수학 학원으로 가는 발걸음은 아주 가벼웠다.

수학 학원에 들어갔는데 강의 시간이 20분쯤 여유가 있었다. 나는 자습실로 들어가서 문제집을 꺼냈다. 학원 숙제는 이미 다 했지만, 난도가 높은 문제를 한 번 더 살펴보고 싶어서 별표를 한 문제만 골라서 살폈다. 그때 이성민이 헐레벌떡 뛰어 들어왔다. 손에는 반쯤 먹은 빵이 들려 있었다. 내 옆자리에 앉은 이성민은 수학 문제집을 꺼내더니 서둘러서 문제를 풀었다. 책상 귀퉁이에는 반쯤 먹다 남은 빵이 아슬아슬하게 흔들거렸다. 이성민은 남은 빵을 먹지도 못하고 문제를 푸는 데 몰두했다. 꼭 해야 하는 숙제를 다 못 한 듯했다.

국어 학원에서 나를 무시하고 잘난 척하던 얼굴이 떠올랐다. 내 발표가 틀렸을 때 이성민은 나를 비웃었다. 이중피동으로 지적받자 대놓고 경멸하는 표정을 지었다. 내 발표 뒤에 곧바로 이성민이 발표를 했는데, 선생님께 엄청나게 칭찬을 들었다. 이성민은 역설법을 정확히 알았고, 예시도 세 가지나 발표했으니 선생님께 칭찬을 들을 만했다.

고양이 미르의 자존감 선물

국어와 역사를 잘하는 이성민이 하필 내 뒤에 발표해서 나와 대놓고 견줘지니 몹시 자존심이 상했다.

국어 학원에서 이성민이 하늘이고 내가 땅이라면 수학 학원에서는 그 반대다. 이성민이 푸는 문제는 내가 푸는 문제들에 견주면 수준이 한참 낮다. 국어 학원에서 받은 상처를 어떻게든 되갚아 주고 싶은데, 같은 반이 아니라서 직접 되갚아 주지 못하는 게 안타까웠다. 그런데 내 간절함이 통한 걸까? 갑자기 내 소원이 이루어지는 쪽으로 일이 전개되었다.

"이게 뭐지? 아, 이것만 풀면 끝나는데……."

이성민은 시계를 흘깃 보더니 초조하게 문제에 매달렸다.

"공식에도 없고……, 왜 이렇게 어려워! 미치겠네."

이성민은 머리를 거칠게 흐트러뜨렸다.

나는 흐뭇하게 웃었다. 아니 흐뭇함보다는 비웃음이었다. 얼핏 보니 내게는 아주 쉬운 문제였다. 국어 학원에서 잘난 척하더니 아주 꼴좋다!

이성민이 시계를 보려고 고개를 들었다. 나도 시계를 보았다. 수업 시간이 5분쯤 남았다. 나는 가방을 주섬주섬 챙겼다. 가방을 챙겨서 일어나려는데 이성민이 간절하게 나를 불렀다.

"야, 나 좀 도와줘. 이 문제 좀 풀어 주면 안 돼?"

"그걸 내가 왜? 네 숙제잖아."

"부탁할게. 내가 숙제 여러 번 못 해 갔는데, 이번에도 못 해 가면 잘린다고 했단 말이야. 대기까지 타서 겨우 들어왔는데, 쫓겨나면 나 엄마한테 죽어."

'그럼 쫓겨나!' 하면서 몰인정하게 가 버리고 싶었지만, 차마 그러지 못했다. 연민 때문인지 깔보고 싶은 욕망 때문인지는 모르지만, 나는 이성민을 도와주기로 했다.

"내 참, 이것도 못 푸냐?"

나는 한껏 이성민을 무시하면서 빠르게 문제를 풀어 주었다.

"우아! 너 정말 대단하다! 고마워!"

나는 별거 아니라는 듯 잘난 척하며 일어났다. 자습실을 나가려고 할 때 이성민이 '아. 이런!' 하고 놀라는 소리가 들려서 돌아보니 반쯤 먹고 남은 빵이 바닥에 떨어진 게 보였다.

S#12 오발탄에 맞다

학원 끝나는 시간에 엄마가 데리러 온다는 걸 말렸다. 모처럼 미세먼지도 없는 깨끗한 날이기에 혼자서 밤공기를 마시며 걷고 싶었다. 채경이와 문자도 주고받지 않고, 단체대화방 알림이 잇달아 울렸지만 확인하지 않았다. 살짝 위기를 겪었지만 이대로 집에 들어가면 오늘도 무사히 지나간다. 내일은 토요일이고 오전은 한가하다. 과학 학원에서 오후 내내 머물러야 하지만 오전 시간은 오롯이 쉴 수 있기에 마음이 한결 느긋했다. 토요일 오전에 맞이할 여유를 떠올리니 모처럼 발걸음이 가벼웠다.

신호등 앞에서 길을 건너려고 기다리는데 전화가 울렸다. 승희였다. 전화를 받을지 말지 잠깐 고민했다. 홀로 느긋하게 걷는 시간을 방해받고 싶지 않아서 전화를 받지 않았다. 그러다 국어 과제 때문일지도 모른다는 생각이 들어서 어쩔 수 없이 전화를 받았다. 승희는 별 의미도 없는 말을 한참 늘어놓았다. 전화를 받은 게 후회되었다. 의미 없는 대화에 소중한 시간을 쓰고 싶지 않았다. 전화를 끊으려고 하니 그제야 승희가 본론을 꺼내 놓았다.

"나, 오발탄 저~~엉 말 정말 싫거든. 조금 전에 읽어 봤는데 무슨 말인지도 모르겠고. 자료도 조금 찾아봤는데 뭐가 뭔지 하나도 모르겠어. 그러니까, 있잖아. 네가……."

전화를 받지 말아야 했다.

"네가 좀 대신해 주면 안 될까?"

나에게 자기 대신 식판을 치우라고 했던 손나윤이 떠올랐다. 짜증이 밀려왔다.

"인터넷으로 몇 개 찾아서 뽑아 오면 되는데, 그게 뭐 어렵다고."

나는 대놓고 거절하지는 않고, 말을 돌렸다. 승희 감정을 건드리지 않고 정중히 거절하려는 의도였다.

"그게 그렇게 간단하지 않다니까. 자료도 엄청 많고, 무슨 말인지 하나도 모르겠어. 정말이야. 나한테는 벅차. 내가 그랬잖아, 요즘 소설로 하자고. 박서준 걔는 애 늙은이도 아니고, 무슨 이런 소설을 하자고 해 가지고. 그러니까 좀 부탁하자."

"힘들어도… 자기가 맡은 역할은… 해야지."

목소리에 힘이 빠졌다. 나를 지키는 성벽이 점점 허물어졌다.

"내가 해서 망치면 너도 안 좋잖아. 나야 망쳐도 별일 없지만, 너는 과학고를 목표로 한다면서……."

승희가 내 아킬레스건을 찌르고 들어왔다. 아무리 자기가 하기 싫다고 해도 그렇지, 내 약점을 찔러서 자신이 원하는 대로 나를 조종하려 들다니, 몹시 불쾌했다. 불쾌했지만 어쩔 수 없었다. 승희가 이렇게까지 나오면 어떤 일이 벌어질지 뻔하다. 승희는 내가 끝까지 거절하면 정말로 자신이 맡은 역할을 안 해 버릴 애다. 그러면 모둠 과제를 망치게 되고, 나는 감당할 수 없는 피해를 입게 된다. 박서준에게 떠넘기면 되지만 그럴 배짱이 내게는 없었다.

어쩔 수 없었다. 나는 마지못해 받아들였고, 나중에 맛있는 거나 사라는 하나마나한 조건을 내걸었다. 승희는 나를 추켜세우고 몹시 행복해하며 전화를 끊었다. 나는 손에 든 전화기를 던져 버리고 싶은 충동이 치솟았지만, 다행히 약을 먹어서인지 충동이 행동으로 이어지지는 않았다. 충동을 간신히 억눌렀는데 다시 전화가 왔다. 엄마였다.

"너는 누구랑 통화하느라 그렇게 전화를 안 받아? 빨리 들어와. 아빠가 야식을 사 온다고 해서 순살치킨으로 사 오라고 했어. 네가 뼈 있는 치킨 좋아하는 건 알지만, 뼈 있는 치킨은 아영이가 싫어하잖아."

또 동생 뜻대로 야식이 결정됐다. 얌체 같은 아영이 때문에 늘 나만 손해를 본다.

4장

추락하는 날개

S#13 무리하지 마

씻고 잠깐 숙제를 하는데 아빠가 들어왔다. 아영이는 쪼르르 달려가 아빠가 사 온 치킨을 받아들더니 자기가 알아서 먹을 준비를 했다. 평소에는 자신이 해야 할 일은 절대 안 하고, 엄마가 잔소리를 해도 이 핑계 저 핑계 대기 바쁘지만, 야식을 먹을 때면 시키지 않아도 스스로 척척 움직인다. 아영이는 수다를 떨면서 치킨을 입에 넣고, 엄마와 아빠는 와인을 한 잔씩 마셨다. 내가 순살치킨을 그리 좋아하지 않고, 무엇보다 내일 오전을 여유롭게 보내려면 자기 전에 미리 과학 학원 숙제를 끝내야 하기에 두세 점만 먹고 일어났다.

"잘 먹었습니다."

"그거밖에 안 먹어? 살찔까 봐 그래?"

아빠가 붙잡았다.

"아니요. 그리 배고프지 않아서……."

저녁을 삼각김밥 하나로 때웠으니 치킨 두세 점으로 배가 찰 리 없었다. 그럼에도 치킨이 별로 당기지 않았고, 무엇보다 숙제를 빨리 마무리해야 한다는 압박감이 컸다.

"숙제 때문에 그래?"

엄마는 눈치가 빨랐다.

"양이 조금 많아서……."

말끝을 제대로 마무리하지 못했다.

"잠깐 앉아 봐."

방으로 가려는 나를 아빠가 자리에 앉혔다.

"안 그래도 네가 과학고를 목표로 한다고 했을 때, 아빠는 강하게 반대를 했어. 나이도 어린데 벌써부터 공부에만 매달려 살아서는 안 된다고 생각했거든. 엄마는 네가 하겠다고 하니 시켜 보자고 했지만, 엄마도 그리 찬성하는 편은 아니었고."

시선을 돌렸더니 치킨은 아영이 입 속으로 쏙쏙 들어가고 있었다.

"네가 꼭 하겠다고 강하게 얘기해서 들어주긴 했지만, 지금 네가 지내는 걸 보면 그리 잘한 결정 같지 않아. 아빠는 공부보다 행복하게 사는 게 더 가치 있다고 생각해. 다른 집 애들은 엄마 아빠가 학원에 더 다니라고 해도 안 다니려고 하는데, 너는 우리가 굳이 안 해도 된다고 말리는데도 더 학원에 다니려고 하니, 아빠는 도대체 네 속을 모르겠다."

엄마도 아빠도 공부하라고 닦달하지 않는다. 그 덕분에 아영이는 학원을 하나밖에 다니지 않는다. 내가 원하는 학원은 내가 다 골랐다. 토요일 오후 내내 과학 학원에 있어야 하는데 그 학원도 내가 보내 달라고 했다. 과학 학원을 따로 다니지 않으면 과학고 시험은 엄두도 내지 못하기 때문이다.

"무리하지 마. 몸도 안 좋은데……."

엄마는 진심으로 나를 걱정했다. 엄마는 독서와 봉사가 행복을 이루는 비결이라고 강조한다. 워낙 신념이 강해서 독서와 봉사를 강요하다시피 한다. 아영이도 엄마가 시켜서 억지로 봉사활동을 다닌다.

"제 꿈을 이루려면…… 힘들어도 어쩔 수 없어요."

엄마아빠가 원하는 답변은 아니었다. 그러나 세상이 원하는 답변으로는 적절했다. 걱정하시는 두 분과 치킨을 미친 듯이 흡입하는 아영이를 뒤로 하고 내 방으로 들어왔다. 문제집을 다시 붙잡았는데 한동안 문제를 풀 수 없었다. 도대체 나는 왜 이렇게 사는 걸까? 힘겨워하면서도 왜 고난 속으로 스스로 들어가는 걸까? 내 꿈은 진짜일까? 내 꿈은 정말 내 것일까?

고양이 미르의 자존감 선물

S#14 잠 못 드는 밤

눈을 감았는데 잠이 안 왔다. 뒤척이다 스마트폰을 꺼냈다. 잠들기 전에 되도록 스마트폰을 안 보려고 했는데 잠이 안 오니 어쩔 수 없었다. 별 재미도 없는데 습관처럼 들여다보았다. 친구들 사진과 글 밑에 '좋아요'를 다 누르고, 'ㅋㅋㅋㅋ'와 'ㅎㅎㅎㅎ'를 그냥 다 붙였다. 내 사진에 '좋아요'를 누른 사람을 일일이 확인했다. '좋아요' 개수가 많은 사진을 기억하며 다음에는 어떤 사진을 올리면 좋을지 잠깐 고민했다.

별 생각 없이 인터넷을 뒤지며 뉴스도 보고, 재미난 동영상도 보았다. 잠은 안 오고 시간은 많았기에 시시콜콜한 댓글도 다 읽었다. 무난한 댓글보다는 무서운 댓글이 눈에 많이 띄었다. 많은 사람들이 어떻게든 남을 짓밟으려고 댓글로 칼부림을 했다. 무슨 수를 써서든 남을 깎아내리려고 안달복달했다. 분노와 혐오가 뒤섞인 댓글을 보며 언제든 그 칼끝이 나를 향할지도 모른다는 두려움이 몰려왔다.

얼른 스마트폰을 내려놓았다. 눈을 감았다. 여전히 잠이 오지 않았다. 머리는 흐릿한데 온갖 상념이 피어올랐다 사라졌다. 어릴 때는 잠자리에 들면 온갖 재미난 상상이 자라났는데, 이제는 걱정만 나를 찾아온다. 내가 왜 과학고를 가겠다고 했을까? 공부 좀 잘하는 애들이 간다고 하니 질투를 느껴서일까? 누가 봐도 나는 과학고에 갈만한 실력이 아닌데, 이러다 떨어지면 놀림을 받지나 않을까? 의지는 어떻게든 되겠지만 과연 내 몸이 버텨 줄까? 중학교 3학년 1학기 시험이 중요하다는데, 내 성적은 과연 내가 목표를 이룰 만큼 나올까?

이성민 앞에서는 잘난 척했지만, 나보다 수학을 잘하는 애들이 얼마나 많은지는 나도 잘 안다. 나는 이성민 같은 애보다 조금 잘할 뿐 그렇게 뛰어난 실력이 아니다. 많은 시간을 들여서 문제를 완전히 숙달하는 방식으로 익힌 수학 실력으로 언제까지 모자란 재능을 보완할 수 있을까? 시험 볼 때마다 느끼는 압박감은 마치 악령이 나를 짓누르는 듯 두려운데, 그 두려움을 언제까지 버텨 낼 수 있을까? 과연 고등학교 생활은 괜찮을까? 입시는 전쟁인데 그 전쟁터에서 나는 살아날 수 있을까? 엄마 아빠에게는 내 꿈을 이루기 위해서 공부를 한다고 했지만, 과연 내 꿈은 나한테서 나온 것일까, 아니면 그냥 멋있어 보여서 골라잡은 것일까?

수없이 많은 걱정이 일어났다가 사라졌다. 그러다 손나윤이 떠올랐다. 이불에 고이 덮혀 있던 발이 나도 모르게 거칠게 움직였다. 재수 없는 이민권이 짓던 비웃음이 떠올랐다. 손에 힘이 들어갔다. 이불을 머리끝까지 뒤집어썼다. 나를 강제로 붙잡은 담임 선생님이 원망스러웠다. 그때 거절하지 못한 내가 한심했다. 자기 입맛만 챙기면서 아빠 앞에서는 아양을 떠는 아영이에게 몹시 짜증이 났다. 이불 안에서 발이 몸부림쳤다.

어제 겪은 일도 떠올랐다. 사람이 다르고 사건은 다르지만 비슷했다. 내가 왜 그랬을까? 다르게 했다면 얼마나 좋았을까? 그런 생각이 하나 올라올 때마다 발이 움찔거리며 이불을 걷어찼다. 모조리 바꾸고 싶었다. 그때로 돌아가면 다른 선택을 하고 싶었다. 그렇지만 어떤 선택을 하고, 어떤 말을 하면 좋을지는 모르겠다. 바꾸고는 싶은데, 아마 앞으로도 똑같은 실수를 거듭할 것이다. 그래서 내가 더욱 싫다.

시계를 봤다. 새벽 2시다. 이불 속에 들어온 지 한참 지났다. 몸은 점점 축축 처지고 머리는 바위에 눌린 듯 무거운데, 잠은 안 왔다. 또다시 불면증이었다. 의사 선생님께 말씀드리지 않았지만 요즘 종종 불면증에 시달린다. 걱정보다는 내 모자람이 나를 잠 못 들게 한다. 잘난 척하고 싶지만, 나는 잘난 게 거의 없다. 의사 선생님은 장점을 자꾸 떠올리라고 하는데 그게 잘 안 된다. 장점을 적으라고 하면 서너 개도 채우기 힘든데, 못난 점은 끝없이 떠오른다. 내가 못난 점? 몇 가지나 되는지 한번 세어 봐야겠다. 어차피 잠도 안 오니⋯⋯.

S#15 아흔아홉 가지 이유

나는 살결이 거칠다. 나는 운동을 못한다. 나는 노래를 잘 부르지 못한다. 나는 그림을 잘 그리지 못한다. 나는 거절하지 못한다. 나는 자신감이 모자라다. 나는 국어를 못한다. 나는 역사를 못한다. 나는 옷맵시가 안 난다. 나는 당당하게 발표를 못 한다. 나는 남 의견을 따를 줄만 안다. 나는 가끔 손톱을 물어뜯는다. 나는 종합병원이다. 나는 괜히 화가 나는 경우가 많다. 나는 뭔가를 깊이 좋아해 본 적이 없다. 내 손가락은 정말 못났다. 나는 사교성이 별로 없다. 나는 웃음이 안 예쁘다. 나는 환절기마다 감기에 걸린다. 나는 내 꿈이 정말 내 꿈인지 확신이 없다. 나는 약이 없으면 버티지 못한다. 나는 의지가 약하다. 나는 엄마와 아빠를 안 닮았다. 나는 아침에 잘 일어나지 못한다. 나는 밤에 쉽게 잠들지 못한다. 나는 잘못해 놓고 나중에 이불 속에 들어와서 후회한다. 나는 젓가락질을 잘하지 못한다. 나는 소설만 좋아하고 어려운 책은 잘 못 읽는다. 나는 수영을 못 한다. 나는 등산도 잘하지 못한다. 나는 눈치를 많이 본다. 나는 속이 좁다. 나는 몸치다. 나는 착한 오빠가 없다.(오빠가 있으면 정말 좋겠는데) 나는 농담을 잘하지 못한다. 나는 잘 놀 줄 모른다. 나는 남몰래 한숨을 자주 쉰다. 나는 토론을 살하시 못한다. 나는 순발력이 없다. 나는 늘 하던 대로만 하려는 경향이 강하고 창의성이 없다. 나는 자꾸 과거에 얽매인다. 나는 짜증이 많다.(표현은 거의 안 하지만) 나는 피아노에 재주가 없어서 금방 포기했다. 나는 좋아하는 색깔이 검은색이다.(정말 칙칙해!) 나는 개성이 없다. 나는 못된 동생이 있다. 나는 애교가 없다.(아빠가 애교를 참 좋아하는데.) 나는 방 정리를 잘하지 못한다. 나는 하기로 한 일을 끝까지 해내지 못하는 경우가 많다. 나는 감정이 꼬였어도 상대가 화해를 요청하면 금방 풀어 버린다.(바보 같이!) 나는 내가 뭘 잘하는지 잘 모른다. 나는 내 장점이 뭔지 잘 모른다. 나는 불안에 시달린다. 나는 남들 반응에 쉽게 휘둘린다. 나는 먹고 싶은 음식이 있어도 먹고 싶다고 적극 말하지 못한다. 나는 내 충동을 억제하지 못한다. 나는 새끼발가락이 휘었다. 나는 글 솜씨가 없다. 나는 자꾸 머리를 꼬는 버릇이 있다. 나는 사진을 잘 못 찍는다. 나는 채경이처럼 활발하고 싶지만, 마음으로만 바란다. 나는 박서준처럼 친구들을 잘 이끌고 싶은데, 지도력이 전혀 없다. 나는 승희처럼 가끔은 뻔뻔해지고 싶은데, 그러기 힘들다. 나는 음식을 먹을 때 입이 짧다. 나는 실험을 잘하지 못한다. 나는 머릿결이 잘 상한다. 나는 시험을 볼 때마다 늘 실수를 한다. 나는 긴장을 많이 한다. 나는 겉으로 욕을 안 하지만 속으로는 자주 욕을 한다. 나는 전자기계를 잘 못 다룬다. 나는 요리를 잘하지 못한다. 나는 설거지도 잘하지 못한다. 나는 자꾸 스마트폰을 떨어뜨려 액정을 깨 먹는다. 나는 의자에 구부정하게 앉는다. 나는 공책을 삐딱하게 놓고 글을 쓴다. 나는 가방 정리를 못한다. 나는 자꾸 어린 시절로 돌아가고 싶어 한다. 나는 영어 발음이 좋지 않다. 나는 어휘력이 부족하다. 나는 남들이 다 아는 상식도 잘 모른다. 나는 공간 감각이 부족하다. 나는 가끔 오른쪽을 떠올리며 왼쪽을 가리킨다. 나는 상상력이 부족하다. 나는 아무 물이나 함부로 마시지 못한다. 나는 게임을 정말 못한다. 나는 승부욕이 약하다. 나는 끝말잇기를 잘하지 못한다. 나는 운이 안 좋다. 나는 가위바위보를 하면 늘 진다. 나는 낯선 상황이 오면 당황한다. 나는 자꾸 남에게 의존하려 한다. 나는 잡념이 많다. 나는 왜 사는지 모르겠다. 나는 우유부단하다. 나는 지적을 받으면 어쩔 줄 모른다. 나는 감정 기복이 심하다. 나는 마음에 상처를 입으면 아무는 데 오래 걸린다. 나는 종종 방전된다. (이처럼 많은 이유 때문에) 나는 내가 싫다.

못난 점 아흔아홉 가지를 채웠다. 못난 점이 많은 줄은 알았지만 이렇게까지 많을 줄은 미처 몰랐다. 조금만 생각하면 하나가 더 떠오르고, 그러면 모자란 점이 백을 채우겠지만, 드디어 졸리다. 몸이 너덜너덜해질 정도로 지쳤다.

S#16 달리고 또 달리고

고드름이 예쁘다. 맑은 고드름 끝에서 물 한 방울이 떨어진다. 느릿하게 손을 뻗어 고드름 끝으로 떨어지는 물을 받으려는데 까만 손이 고드름을 움켜쥔다. 얼굴도 몸도 온통 까맣다. 까만 손은 고드름을 억세게 꺾더니 고드름으로 나를 찌른다. 고드름이 배에 깊이 박힌다. 피가 나지는 않는데, 몸에 한기가 밀려온다. 놀라서 도망친다. 빨리 도망치고 싶은데 몸이 점점 얼어 가면서 발걸음이 느려진다. 발이 미끄러진다. 바닥을 내려다보니 온통 얼음이다. 까만 손은 또 다른 고드름을 움켜쥐고 나를 쫓아온다. 몸이 미끄러지며 바닥에 넘어진다. 일어서려는데 검은 손이 보인다. 몸을 굴려서 피하고, 고드름이 바닥에 떨어진다. 다행이다. 그런데 몸이 멈추지 않는다. 계속 미끄러진다. 한없이 미끄러지면서 바닥으로 떨어진다. 한없이……

삼에서 깼다. 침대 위다. 몸을 일으켰다. 몸이 찌뿌둥하다. 고드름에 찔린 배가 아프다. 또 제대로 못 잤다. 나는 쫓기는 꿈을 자주 꾼다. 학교 가려고 뛰고, 학원 가려고 뛰고, 시험에 늦어서 뛰고, 잠을 빨리 자려고 뛰고, 병원 가려고 뛰고, 밥 먹으러 가려고 뛰고…… 왜 나는 꿈에서 늘 뛰는 걸까? 왜 움직일 때면 늘 뛰어서 움직일까? 그나마 뛰더라도 잠깐 뛰다 끝나면 좋겠는데 늘 오래 뛰고, 마지막에는 추락하거나 몸이 부서질 정도로 부딪치면서 깬다. 잘 때마다 쫓기고, 뛰다 보니 자고 일어나도 피곤하다. 푹 못 자니 잠을 자고 나도 개운하지 않고, 낮에도 몽롱한 경우가 많다. 가끔은 남이 내 몸을 조종하는 것 같기도 하다. 깨어도 꿈인 듯하다. 충분히 잠을 자고 나면 그나마 괜찮은데 잠을 제대로 못 자고 난 다음 날이면 스스로 심각하다고 느낄 만큼 집중력이 흐트러진다.

시간을 확인하려는데 스마트폰이 안 보인다. 스마트폰이 어디에 있지? 두리번거리는데 찬 기운이 유리창을 타고 흐른다. 내가 문을 열고 잠 들었던가? 스마트폰이 책상 위에서 울린다. 느릿하게 일어나서 스마트폰을 보니, 큰 글자가 뜬다. 시험! 시험이라니~! 그러고 보니 오늘 시험을 보는 날이다. 큰일이다. 시계를 보니 늦었다. 식은땀이 흐른다. 후다닥 챙겨서 학교로 뛰어간다. 길이 늘어진다. 아무리 뛰어도 학교가 안 나타난다. 숨이 가쁘다. 힘들다. 학교가 보인다. 선생님이 단속을 한다. 아니다. 검은 머리카락, 검은 손, 손에 들린 고드름.

이런~~! 아직 꿈이다. 꿈에서 깬 줄 알았는데……. 깨어나야 하는데 깰 수가 없다. 몸부림을 쳤다. 일어나야 한다. 여긴 꿈이야! 꿈이라고. 고드름을 든 검은 손이 점점 커진다. 뒷걸음질을 치다 다시 뛴다. 달리고 또 달린다. 달리는데 땀은 나지 않고 찬 기운이 몰려온다.

"아름아!"

엄마가 부른다. 꿈인가?

"아직, 자니?"

방문이 열리는 소리가 들린다.

"미안한데, 두부 좀 사 올래!"

실눈을 뜬다. 몸이 뒤척거리는 게 느껴진다. 아직 꿈속인가?

"일어나기 힘드니?"

눈을 크게 뜬다. 엄마가 보인다. 꿈이라고 하기에는 지나치게 생생하다.

"아니, 괜찮아. 뭐라고 했어?"

휴~~!!!! 다행이다. 현실이었다.

"두부 좀 사 와. 찌개 끓여야 하는데, 어제 장 보면서 깜박하고 두부를 안 사 왔어. 요즘 내가 건망증이 심해져서 자꾸 깜박깜박하네."

'드디어 백 가지를 채웠네' 하면서 몸을 일으켰다. 꿈에서 계속 뛰어서인지 몹시 피곤했다.

고양이가 되는 열 가지 단계

1장

나도 고양이처럼

S#17 통통이

엄마에게 돈을 받아들고 승강기에 탔는데 머리가 몽롱했다. 늦게 잠들고, 잠든 뒤에는 계속 쫓기고 뛰는 꿈을 꾼 탓이었다. 아침이면 늘 겪는 일이기에 힘들지는 않았다. 그러려니 하고 지내다 보면 하루가 금세 지나가고 다시 밤이 온다.

공동현관을 나서서 가게 쪽으로 걸어갔다. 아침 공기가 서늘하게 살갗을 건드렸다. 지난 밤 꿈이 떠올라 소름이 돋았다. 발걸음을 빨리 해서 걸어가는데 갑자기 강렬한 햇살이 나타났고, 잠깐 동안 앞을 보기 힘들었다. 실눈을 뜨고 햇살을 정면으로 바라봤다. 해가 붉은 빛이었다. 빛이 점점 세지면서 눈을 더 찡그려야만 했다. 해를 보는데 괜히 긴 한숨이 나왔다. 늘 뜨는 해다. 아침에 뜨고 저녁에 사라지는 해다. 해에 맞춰 하루하루를 살아왔고, 앞으로도 그럴 수밖에 없는 삶이다. 햇살은 밝고 머리는 흐릿하다. 눈을 감았다. 그래도 햇살이 눈꺼풀 위로 느껴졌다.

에취~!

갑자기 기침이 나왔다. 먼지가 있는 모양이다. 눈을 뜨고 얼른 가게로 향했다. 먼지에 더 노출되면 감당하지 못할 만큼 심한 기침이 나올지도 모른다. 얼른 두부를 사서 가게를 나왔다. 빠른 걸음으로 걷는데 아파트 놀이터에서 느긋하게 엎드린 생명체가 내 발걸음을 꼼짝 못 하게 붙잡았다. 등은 까맣고 가슴은 하얀 고양이 한 마리가 놀이터 의자 위에 우아하게 앉아 털을 고르고 있었다.

"안녕, 통통아!"

나를 비롯해 우리 아파트단지 주민들은 이 고양이를 '통통이'라고 부른다. 애기 고양이일 때부터 우리 아파트 단지에 살았는데, 걷는 모습이 공이 튀듯 통통거려서 통통이라고 불렀다. 처음에는 걸음걸이 때문에 통통이였는데 주민들이 먹이를 잘 챙겨 주고 살뜰히 보살피면서 몸이 통통해졌고, 이제는 통통이가 몸매를 나타내는 이름이 되고 말았다. 통통이는 어릴 때부터 주민들에게 살살 다가와서 몸을 부비고 귀엽게 굴었다. 통통이가 머무는 곳에는 늘 먹이가 있다. 아무도 정해 놓지 않았는데 다들 알아서 먹이를 놓아둔다. 그릇도 깨끗하고 맑은 물도 늘 갖춰 놓는다. 우리집에도 통통이를 주려고 사 놓은 고양이 간식과 사료가 있다. 엄마를 졸라서 샀는데, 나도 여러 번 통통이에게 먹이를 가져다주었다.

처음에 통통이는 사람들이 먹이를 주면 고마워하며 애교를 부렸는데 나중에는 사람들이 먹이를 주는 걸 당연한 권리로 여기는 태도를 보였다. 먹이가 떨어지면 지나가는 사람에게 심하게 야옹거리며 먹이를 달라는 신호를 보낸다. 그러면 주민들은 얼른 먹이를 통통이에게 바치고, 통통이는 보답으로 그 사람에게 친근감을 표시하며 자신을 쓰다듬을 기회를 준다. 통통이는 먹이가 떨어져도 (물론 떨어지는 경우는 극히 드물지만) 결코 비굴하게 굴지 않는다. 통통이는 언제나 당당하고, 주민들은 그런 통통이에게 굽신거리며 봉사한다.

나는 가만히 서서 통통이를 바라보았다. 통통이에게 간식을 주면 쓰다듬을 기회를 줄 텐데, 간식을 들고 나오지 않은 게 아쉬웠다. 때마침 햇살이 놀이터에도 찾아들었다. 통통이는 자신에게 찾아온 햇살을 느긋하게 맞이하더니, 털 고르기를 멈추고 자세를 잡고 누웠다. 통통이는 오직 자신을 위해 햇살이 찾아온다고 느끼는 듯, 당당하게 햇살을 맞이했다. 온몸으로 햇살을 받던 통통이는 몸을 조금씩 움직이더니 고개를 앞다리 위에 얹었다. 아침 햇살을 받으며 쉬려는 모양이었다. 눈을 느긋하게 감던 통통이가 갑자기 나를 똑바로 보고는 눈을 깜박여 주었다. 오직 나를 위해 눈을 깜박여 주었다. 심장이 행복으로 콩닥거렸다. 오랜만에 찾아온 강렬한 행복 때문에 하마터면 손에 든 두부를 떨어뜨릴 뻔했다.

고양이 미르의 자존감 선물

S#18 별이 뜨고 지다

"엄마, 우리 고양이 다시 키우면 안 돼?"

엄마에게 두부를 건네며 말했다.

"통통이 봤구나."

엄마는 두부를 씻더니 반듯하게 잘랐다.

"응. 놀이터에서. 나랑 눈도 마주치고."

엄마는 두부를 찌개에 넣더니 뚜껑을 덮었다.

"통통이를 볼 줄 알았으면 간식이라도 들고 나갈 걸 그랬네. 이따가 나가면서 간식 줘."

엄마는 시계를 흘깃 보더니 접시를 꺼냈다.

"통통이는 통통이고……. 우리 고양이 다시 키우면 안 돼?"

엄마는 손놀림을 멈추고 나를 똑바로 바라보았다.

"아름아! 몇 번이나 말했잖아. 엄마는 다시 그 아픔을 겪고 싶지 않아."

엄마 눈에서 깊은 슬픔이 묻어났다. 슬픈 눈빛을 마주하자 더는 고양이를 키우자고 조를 수가 없었다. 찌개가 보글보글 끓으며 구수한 냄새가 부엌을 채웠다. 엄마는 가스 불을 끄더니, 아침 밥상에 올릴 반찬을 그릇에 담았다. 엄마 손이 아주 느리게 움직였다. 아픈 추억이 엄마 몸짓을 느리게 만든 듯했다. 엄마에게 괜한 소리를 했나 보다. 엄마에게 별이를 떠올리게 하는 얘기를 하면 힘들어하는 걸 알면서도, 미련하게 또 꺼내고 말았다. 별이는 내가 어린 시절 함께 살던 고양이다.

결혼하기 전에 엄마는 작은 원룸 건물에서 자취를 했다. 어느 날 출근하려고 나가는데 하얀 넥타이를 차고 하얀 신발을 신은 까만 고양이가 건물 현관에 앉아 있었다고 한다. 까만 고양이는 엄마가 나오자마자 다가와서는 엄마 다리에 몸을 비비며 친근하게 굴었다. 그날 퇴근해서 집에 들어갈 때도 까만 고양이는 엄마에게 친근하게 다가왔다. 둘째 날 아침에도 마찬가지였다. 그날 저녁에 퇴근하면서 엄마는 간식을 사서 주었고, 그때부터 까만 고양이는 엄마와 더욱 가까워졌다. 그러던 어느 날 엄마가 집에 들어가는데 까만 고양이가 따라서 들어왔다. 까만 고양이를 밖으로 내보내려던 엄마 눈에 마치 별처럼 빛나는 까만 눈동자가 보였다. 그 눈동자를 본 엄마는 차마 내보내지 못하고 집에서 함께 지내기로 했다. 눈동자가 별처럼 빛난다고 해서 이름을 '별이'라고 지었다.

엄마는 별이 덕분에 아빠를 만났다. 엄마는 별이를 키우며 별이를 찍은 사진을 블로그에 올리고, 간단하게 글도 덧붙였는데 블로그를 부지런히 보고 댓글을 단 어떤 남자가 바로 아빠였다. 그 인연으로 엄마와 아빠는 사랑하는 사이가 되었고, 결혼도 하였다. 엄마와 아빠는 별이를 끔찍하게 아꼈고, 집사로서 최선을 다해 별이를 돌봤다. 내가 태어났을 때도 별이가 나를 맞았다. 내가 입이 트이면서 가장 먼저 한 말은 '엄마'지만, '엄마' 다음으로 한 말은 '아빠'가 아니라 '별이'였다. 내가 '아빠'보다 '별이'를 더 먼저 말하자 아빠는 몹시 서운했다고 한다.

고양이 미르의 자존감 선물

별이는 어린 시절 내내 내 곁에 있었다. 어린 내가 귀찮게 굴어도 꾹 참았고, 내가 잠들면 늘 내 옆에서 나를 지켰으며, 내가 잠에서 깨면 다정하게 나를 맞아주었다. 나에게 별이는 마음씨 넓은 언니였고, 자매였고, 둘도 없는 친구였다. 별이와 함께 한 시간은 온통 행복만 가득했다. 별이는 꽤나 오래 살았고, 편안하게 무지개 다리를 건넜다. 별이가 다리를 건너던 날 엄마와 나는 서럽게 울었고, 며칠 동안 밥도 제대로 못 먹었다. 지금도 별이를 떠올리면 가슴 한편이 아릿하다. 별이가 떠나고 난 뒤 내 삶에서 행복한 빛깔이 점점 사라졌다. 전업주부로 나와 아영이를 돌보던 엄마는 직장에 다시 나갔고, 내게는 과민대장증후군이 찾아왔다.

S#19 변신

아침을 먹고 느긋하게 침대에서 뒹굴었다. 어젯밤 숙제를 다 끝낸 덕분에 누리는 여유였다. 스마트폰을 만지는데 별로 재미가 없었다. 스마트폰을 던져 놓고 몸을 이러저리 굴리다가 책장 아래에 꽂힌 그림책에 눈길이 갔다. 나는 어릴 때 그림책을 참 많이 읽었다. 엄마는 장난감은 잘 안 사 줬지만 그림책은 아낌없이 사 주었다. 엄마는 그림책은 나이 들어서도 읽어야 한다면서 거의 모든 그림책을 그대로 보관했고, 일부는 내 책장에 꽂혀 있다. 내가 가장 좋아했던 그림책은 『마녀 위니』(밸러리 토마스)다. 마녀 위니가 주인공인 그림책은 거의 다 샀는데, 모두 책 표지가 너덜너덜하다. 수백 번, 어쩌면 수천 번을 읽어 댔기 때문이다.

내가 마녀 위니를 좋아하는 가장 주된 이유는 마녀 위니와 함께 나오는 고양이 윌버 때문이었다. 별이가 살아 있을 때 나는 마녀 위니였고, 별이는 윌버였다. 나는 마녀 위니가 부리는 온갖 마법을 따라 하며 마치 내가 마녀 위니인 듯 놀았고, 별이는 내 옆에서 윌버 역할을 충실히 해 주었다. 내가 아무리 짓궂게 굴어도 별이는 귀찮아하지 않고 내 장단에 맞추었다. 지금 생각해 보면 고양이인 별이가 내 장난을 다 받아준 게 참 신기한데 그때는 아주 당연하게 여겼다. 닳고 닳은 그림책 표지 위에서 윌버는 여전히 말똥말똥하고 유쾌한 눈을 빛내며 살아 있지만, 별이는 이 세상에 없다. 별이는 떠났고, 하늘에는 미세먼지만 가득하다. 괜히 눈물이 나려고 했다. 마녀 위니 그림책을 얼른 책꽂이에 꽂아 넣었다.

그림책 위쪽으로는 엄마가 읽으라고 사 놓은 책들이 꽂혀 있었다. 심심함을 달랠 책이 없나 살피다가 '카프카'(Franz Kafka)의 『변신』이라는 낱말이 확 끌렸다. 어릴 때 했던 변신 놀이가 떠오르고, 어른 책인데 제목이 변신이라니 무슨 초능력을 다룬 소설인 줄 알고 기대감과 호기심을 잔뜩 안고 책을 펼쳤다. 느긋하게 침대에 누워 첫 문장을 읽었는데 기대감과 호기심이 단박에 깨져버렸다. 변신은 변신인데 멋진 초능력자가 아니라 벌레로 변신한다는 첫 문장은 책을 덮고 싶은 충동을 일으켰다. 그렇지만 '벌레'란 낱말이 묘하게 끌려서 계속 읽었다.

어느 날 아침, 그레고르는 흉측한 벌레로 변한 자신을 발견하며 깨어난다. 그레고르는 외판사원으로 날마다 출장을 다니고, 새벽부터 밤늦게까지 일을 해야만 한다. 가정 경제를 책임진 처지이기에 힘들다고 그만둘 수도 없다. 책을 읽는 내내 그레고르가 벌레로 변신한 이유가 궁금했지만, 작가는 그 이유를 단 한마디도 풀어놓지 않는다. 책을 다 읽고 그레고르가 변신한 이유를 따져봤다. 어쩌면 그레고르는 벌레가 되어 고된 사슬에서 벗어나고 싶었는지도 모른다. 자신이 벌레 같은 삶을 산다고 믿었기에 벌레가 되지는 않았을까?

어느 날, 내가 자고 일어났는데 내 몸이 벌레로 바뀌어 있다면 어떨까? 생각하기도 싫었다. 그런데 만약, 만약, 자고 일어났는데 고양이가 되어 있다면……? 와~! 그건 대환영이다. 멋진 상상이다. 내가 고양이가 된다면, 엄마와 아빠는 별이에게 그랬듯이 나에게 아주 잘해 줄 것이다. 나는 별이처럼 여유롭게 살면서 삶을 즐길 것이다. 그레고르처럼 가족들에게 혐오감을 일으키고 버림받을 걱정도 없이, 모든 얽매임에서 풀려나 자유를 누릴 것이다.

고양이로 변신하고 싶다는 마음이 책장에 꽂힌 『마녀 위니』 그림책으로 다시 눈길을 이끌었다. 내가 마녀 위니라면 마법을 써서 고양이로 변신할 수 있을 텐데……. 어린 시절 나는 아무 주문이나 외우고, 마법지팡이를 휘두르면 원하는 대로 변신했다. 이제는 아무리 간절히 바라고 주문을 외워도 날개가 돋기는커녕 과자 하나 만들어 내지 못한다. 내 삶에 더는 변신 따위는 없다. 변신은 상상에서도 잘 안 된다. 내게 마법은 사라지고 싸늘한 현실만 남았다.

"아름아! 재활용품 좀 내놓을래?"

엄마가 부르는 소리에 『변신』 책을 집어 던지고 벌떡 일어났다. 등이 딱딱한 느낌이다.

고양이 미르의 자존감 선물

S#20 이상한 광고

엄마는 나에게 집안일을 곧잘 시킨다. 그릇을 몇 번 깨뜨렸는데도 설거지를 계속 시키고, 아무리 거듭해도 엉망인 요리도 자꾸 하라고 한다. 정리정돈과 청소는 귀찮을 정도로 자주 입에 올려서 거의 잔소리가 되었다. 엄마는 여자 남자를 떠나서 몸 쓰는 일을 할 줄 알아야 한다며 집안일을 시키는데, 아영이는 이 핑계 저 핑계 대며 빠져나가다 엄마에게 혼도 많이 난다. 나는 엄마가 일을 시키면 군소리 없이 엄마 말에 따른다. 거절 못 하는 성향은 우리 가족 중에서 나만 타고난 듯하다. 아영이는 두말할 것도 없고 엄마와 아빠도 싫으면 딱 부러지게 거절을 하는데 나는 거절하려고 하면 괜히 불편하다. 거절하면 불편하고 거절하지 못하면 억울한데, 억울함보다는 불편함이 참기 힘들어서 그냥 부탁을 들어주고 말게 된다. 꼭 고치고 싶은 성향인데 노력해도 잘 안 고쳐진다.

토요일 오전에는 일주일 동안 쌓인 재활용품을 내다 놓는데, 매번 내가 한다. 처음에는 아영이와 일주일씩 번갈아가며 하기로 했는데, 아영이가 하도 뺀질뺀질 빠져나가서 결국 내 책임이 되고 말았다. 플라스틱과 캔, 종이와 우유팩 등을 세세하게 구분해서 묶은 뒤 현관 밖으로 내놓았다. 곧바로 승강기를 타려다 통통이 생각이 나서 고양이 간식을 챙겨서 나왔다.

공동현관을 나오자마자 통통이가 자주 머무는 놀이터를 살폈는데 통통이는 보이지 않았다. 일단 재활용품을 처리하고 통통이를 찾기로 했다. 재활용품을 종류에 맞게 다 버리고 통통이를 찾으러 가려는데 아주 예쁜 고양이 사진이 실린 종이가 보였다. 무심결에 손을 뻗어 종이를 집어 들었는데, 맨 위에 〈고양이 신문〉이란 글귀가 보였다. 〈고양이 신문〉에는 예쁜 고양이 사진과 기사들이 실려 있었다. 왼쪽 면에는 고양이 두 마리를 모시고 사는 집사 이야기가 실렸는데 삽화가 참 친근했다. 오른쪽 면에는 고양이 관련 제품을 소개하는 기사가 실렸는데, 집사들이 저절로 지갑을 열도록 잡아끄는 유혹이 넘쳐났다. 뒷면으로 넘겼더니 다양한 자세로 잠을 자는 고양이 사진과 함께 고양이 수면 습성에 대해 알려 주는 기사가 보였다. 그 기사 아래로 작은 광고가 몇 개 실렸는데, 거의 다 고양이 제품을 파는 광고였다. 그 광고를 꼼꼼히 챙겨 보다가 이상한 광고에 눈이 딱 멈췄다.

이제 집사 노릇은 그만! 고양이가 되어 집사를 거느리세요.

신문 귀퉁이에 실린 한 줄 광고였다. 까만 바탕에 흰 글씨였는데, 일부러 보려고 하지 않으면 눈에 띄지도 않을 만큼 작은 광고였다. 광고 문구 아래에는 아주 작은 글씨로 홈페이지 주소가 실렸는데, 글씨가 작은 데다 빛깔도 잿빛이어서 알아보기가 어려웠다. 많은 이들이 잘 보라고 낸 광고가 아니라 못 보게 하려는 광고 같았다. 집사를 그만두고, 고양이가 되라니, 아주 이상한 광고였다. 숨겨 둔 정보가 더 있나

고양이 미르의 자존감 선물

싶어서 골똘히 광고를 봤지만 더 알아낼 정보는 없었다.

〈고양이 신문〉을 챙긴 뒤 간식을 주려고 통통이를 찾았다. 놀이터를 한 번 더 가 보고, 평소 통통이가 자주 머무는 곳을 뒤졌지만 보이지 않았다. 통통이에게 간식을 주고 통통이를 만지겠다는 계획은 포기하는 수밖에 없었다. 어쩔 수 없이 사람들이 평소에 통통이 먹이를 두는 곳에 간식을 내려놓고 집으로 올라왔다. 집에 올라와서 과학 학원에 갈 준비를 천천히 했다. 모든 준비를 마친 뒤에도 시간이 조금 남아서 책상에 앉았는데 그 광고가 자꾸 마음에 걸렸다. 나는 속는 셈 치고 광고에 실린 홈페이지 주소로 들어가 보기로 했다. 스마트폰에 글자를 입력하고 확인을 눌렀다. 곧바로 까만 화면이 뜨더니 하얀 고양이 발자국이 나타났다.

2장

설마 하는 마음으로

S#21 고양이가 되고 싶으세요?

잠시 기다렸는데 아무런 변화가 없었다. 역시 장난이었나 싶어서 스마트폰을 끄려다 혹시나 하는 마음에 손가락으로 하얀 발자국을 눌렀다. 나는 눌렀다고 생각했는데 하얀 발자국이 내 손가락 끝을 피해서 귀퉁이로 도망쳐 버렸다.

"뭐야?"

다시 손끝으로 하얀 발자국을 누르려는데 하얀 발자국은 또다시 도망쳐 버렸다. 두어 번 더 하얀 발자국을 누르려고 시도했지만 모두 실패하고 말았다.

"어쭈!"

도전의식이 솟구친 나는 고양이 발자국을 부지런히 쫓아다녔다. 내 손이 빨라질수록 고양이 발자국도 빨리 도망을 쳤다. 한참을 눌러 대다 겨우 고양이 발자국이 내 손에 딱 걸렸다.

"성공!"

아무것도 아닌데 괜히 기뻤다. 마치 대단한 게임에서 최종 우승자라도 된 듯했다.

내 손에 잡힌 고양이 발자국은 이내 사라졌고, 곧이어 까만빛과 잘 구분이 안 되는 어두운 잿빛이 까만빛 바탕 위에서 움직였다. 처음에는 그게 뭔지 잘 구분할 수 없었는데 자세히 보니 털 복숭이 고양이였다. 조금 뒤 어두운 초록빛이 두 개 나타났다. 마치 고양이 눈 같았다. 초록빛이 고양이 눈처럼 깜박이더니 잿빛 글씨가 흐릿하게 나타났다.

고양이가 되고 싶으세요?

[예] [아니오]

나는 아침에 『변신』을 읽었을 때 피어올랐던 바람을 떠올렸다. 그렇게 될 리는 없지만, 어느 날 아침 일어났는데 고양이로 변신해 있는 기적은 일어나지 않겠지만, 그렇게만 된다면, 지금 이 삶보다는 훨씬 나을 듯했다. 미국의 작가 '마크 트웨인'은 "만일 사람을 고양이와 교배할 수 있다면 사람은 나아지겠지만, 고양이는 퇴화할 것"이라고 했다. 내가 고양이가 된다면 가장 멋진 진화가 되지 않을까? 마법이 이루어지리라 믿는 순진한 나이는 아니지만, 상상으로라도 고양이가 되는 꿈은 꾸고 싶었다.

[예]

손끝에 힘을 주어 눌렀다. 다시 잿빛 글씨가 나타났다.

당신은 이제 예비회원입니다. 휴대전화로 본인인증을 진행합니다. 휴대전화 번호를 입력하고, 인증번호를 입력해 주세요.

나는 지시한 대로 따랐다.

회원 아이디와 비밀번호를 전송하였습니다. 아이디와 비밀번호는 변경할 수 없습니다.

조금 뒤 회원 아이디와 비밀번호가 스마트폰에 떴다. 회원 아이디와 비밀번호를 확인한 나는 깜짝 놀랐다. 회원 아이디는 starry_cat이었고, 비밀번호는 별이가 죽은 날짜였다.

S#22 고양이가 되는 첫째 단계

과학 학원으로 가기 전에 엄마에게 학용품을 산다면서 돈을 달라고 했다. 엄마는 내가 용돈을 달라고 하면 의심 없이 준다. 엄마를 속이며 돈을 쓴 적도 없고, 내가 정직하게 요구하니 엄마도 의심 없이 내 요구를 들어준다. 물론 아영이는 아니다. 아영이는 어떻게든 더 많은 돈을 엄마에게 받아 내려고 잔머리를 쓰는데, 처음에는 그게 나보다 더 잘 통했지만 엄마가 몇 번 속은 뒤로 의심하게 되어 정말 써야 되는 돈도 못 받는 경우가 종종 생겼다. 처음에 아영이는 나한테 잘난 척했지만, 이제는 툭하면 나한테 돈을 빌려 달라고 손을 벌린다.

내가 엄마에게 돈을 달라고 한 까닭은 홈페이지 안내문에 나온 첫째 단계를 수행하기 위함이었다. 홈페이지 안내문에 따르면 회원 등급은 '예비회원 → 준회원 → 정회원 → 우수회원 → 최고회원'으로 올라가며, 회원 등급을 올리기 위해서는 각 단계에서 요구하는 과제를 실행하고, 인증을 받아야 한다고 했다. 각 단계에서 수행할 과제는 그 단계가 되어야 알려 주는데, 고양이가 되는 첫 과제는 아주 간단했다. 문구점에 가서 사랑스러운 고양이 캐릭터용품 다섯 가지를 산 뒤, 방을 꾸미고 인증을 받으면 되었다. 이미 있는 고양이 캐릭터용품은 안 되며, 새로 샀다는 증거를 담은 영수증까지 인증을 해야만 했다.

공동현관을 나와 놀이터 옆을 지나가는데 따스한 햇살 아래서 통통이가 늘어지게 기지개를 켜는 모습이 보였다. 기지개를 켠 통통이는 몸을 쭉 뻗더니 털을 잠깐 고르고는 둘레를 살폈다. 그러고는 통통거리며 놀이터 곳곳을 다녔다. 괜히 미끄럼틀 위로 올라가기도 하고, 시소 아래를 샅샅이 누비기도 했다. 움직임에 힘이 넘쳤다. 햇살과 잠이 통통이에게 에너지를 준 듯했다. 나도 햇살을 받으며 잠을 푹 자서 에너지를 채우면 얼마나 좋을까? 스마트폰을 봤다. 내 몸과 달리 배터리가 99%였다. 내 몸을 움직이는 배터리는 방전되기 바로 전인데 스마트폰과 통통이는 에너지가 가득하다. 배터리가 고장나 충전기를 아무리 꽂아도 충전이 안 되는 고장난 배터리 같은 상태, 그게 딱 나였다.

과학 학원에서 토요일 오후를 다 보내고 어둠이 내리는 거리를 걸어서 문구점에 갔다. 문구점은 친구들과 이 근처에서 놀 때면 돈이 없어도 꼭 들러서 구경을 하는 곳이다. 이곳에 오면 별의별 제품을 다 갖추고 규모가 커서 백화점에 온 기분이 든다. 그래서 구경만 해도 기분이 좋아지는 흔치 않은 곳 가운데 하나다. 문구점에 들러서 몇 걸음 걷지 않았는데 꽤나 큰 고양이 그림이 보였다. 흰털에 까만 눈과 분홍 코가 귀엽게 어우러져 시선을 잡아 끌었다. 그림 앞으로 가니 온갖 고양이 캐릭터 문구만 한 데 모여 있었다. 손가방, 책갈피, 필통, 연필, 수첩 등 없는 게 없었다. 분홍 코가 예쁜 고양이 수첩은 곧바로 골랐는데 나머지는 다 예뻐서 무엇을 살지 한참 고민했다. 망설인 끝에 어깨에 가볍게 둘러메는 작은 손가방과 다양한 고양이 캐릭터가 잔뜩 모인 스티커를 골랐다. 다른 것도 사고 싶었지만, 다른 데를 둘러보기로 했다. 이곳저곳 구경하며 돌아다니다 고양이 피규어를 발견하고 어쩔 줄 몰

고양이 미르의 자존감 선물

랐다. 하품하는 고양이, 뒤집어진 고양이, 초롱초롱한 고양이, 발을 핥는 고양이, 폴짝 뛰는 고양이 등 수많은 고양이 피규어가 한 데 모여 있었다. 모조리 다 사고 싶었지만 돈이 그리 많지 않아서 가장 마음을 잡아끄는 초록빛 피규어 모음을 골랐다. 다시 이곳저곳을 다니다 문구점 귀퉁이에서 까만 고양이 필통을 고른 뒤 행복하게 계산을 했다. 엄마가 준 돈이 모자라서 저축한 돈까지 헐어서 써야 했지만 아주 만족스러웠다.

집에 오자마자 책상 위를 고양이 캐릭터 제품으로 장식하고, 사진을 예쁘게 찍었다. 영수증 사진도 찍어서 홈페이지에 올리니 곧바로 [1단계 통과 인증]이라는 글이 뜨고, 2단계 과제가 제시되었다. 2단계 과제는 조금 곤혹스러웠다.

S#23 고양이가 되는 둘째 단계

필기구를 새 고양이 필통에 넣은 다음, 고양이 피규어를 책상 곳곳에 장식했다. 고양이 수첩에 내 이름을 쓰고 공책과 책상 곳곳에 스티커를 잔뜩 붙였다. 손가방은 눈에 잘 띄는 곳에 올려놓았다. 이제 과학 학원에서 내 준 숙제를 할 차례였다. 숙제는 늘 그렇듯이 부담스러울 정도로 많았지만 평소와 달리 집중도 잘 됐고, 그리 지치지도 않았다. 집중력이 조금 떨어지거나 힘이 빠질 때마다 책상을 장식한 고양이들을 보니 충전기를 꽂은 배터리처럼 에너지가 보충되는 느낌이었다.

숙제는 밤늦게까지 이어졌다. 시간이 어떻게 흐르는지도 모를 만큼 몰입해서 숙제를 해서 그런지 일요일까지 투자해야 할 숙제가 토요일 밤에 거의 끝나갔다. 과학 학원 숙제를 다 끝내면 일요일은 아주 편하게 지낼 수 있다. 벌써부터 일요일에 즐길 여유로 가슴이 설렜다.

똑똑!

엄마가 내 방으로 들어왔다.

"두 시가 넘었는데, 아직도 숙제 하니?"

두 시라는 말에 살짝 놀랐다. 시간이 그렇게까지 흘렀을 줄은 어림도 못 했다.

"벌써 두 시야?"

"너무 무리하는 거 아니니?"

"괜찮아! 거의 끝났어."

엄마는 책상 위에 놓인 고양이 캐릭터들에 잠깐 눈을 돌리더니 공부는 적당히 하고 빨리 자라는 말을 남기고 방문을 닫았다. 솔직히 말하면 엄마가 공부를 적당히 하라고 말할 처지는 아니다. 엄마는 나보다 더 공부에 매달리기 때문이다.

어른이 되면 공부 안 해도 되는 줄 알고 어른이 빨리 되고 싶었던 때가 있었다. 그러다 엄마를 보고 그 마음을 접었다. 경력단절을 극복하고 직장에 다시 들어간 엄마는 뒤처지지 않으려고 공부를 열심히 했다. 엄마는 나에게 행복이 우선이고 공부는 나중이라고 늘 말하지만 엄마는 행복하려고 공부를 열심히 한다. 따지고 보면 우리는 100년을 살아야 한다. 세상은 빨리 변하니 십 년만 흘러도 지금 배운 걸 써먹을 수 없을 것이다. 새로운 지식과 물건이 빠르게 나타나는 시대에 어릴 때만 공부해서는 살아남을 수 없다. 어른이 돼서도 공부는 어쩔 수 없이 해야 한다. 공부에서 벗어날 길이 없다는 끔찍한 진실을 나는 지나치게 빨리 알아 버렸다.

새벽 세 시가 다 되어서야 잠이 들었지만, 2단계 과제를 수행하기 위해 아침 일찍 일어났다. 가족들에게 들키지 않으려고 빨리 일어났는데, 모처럼 악몽도 꾸지 않았더니 몸도 개운했다. 나는 재활용품을 모아 두는 곳으로 가서 큰 종이상자를 찾았다. 내가 들어갈 만한 종이상자는 없었다. 여러 종이상자를 이어서 큰 종이상자를 만드는 수밖에 없었다. 종이상자 세 개를 골라서 집으로 왔다. 종이상자를 자르고 붙여서 내가 들어갈 만큼 큰 종이상자를 만들었다. 그러고는 종이상자에 들어갔다. 2단계는 종이상자에 들어가서 최소 2시간 동안 머무는 것이 과제였다. 종이상자에 들어가자마자 인증사진과 동영상을 찍었다. 중간중간에도 사진과 동영상을 찍고, 마무리도 같은 방식으로 해야 했다. 종이상자에 들어가니 별이가 생각났다. 별이는 아주 작은 종이상자에 들어가서 쉬는 걸 참 좋아했다. 별이가 살아 있을 때는 내 방에 온갖 종이상자가 가득했다. 별이는 그 어떤 장난감보다 종이상자를 좋아했다. 종이상자 안은 참 편안했다. 마치 별이를 껴안고 있는 듯했다. 그 편안함에 깜빡 잠이 들었나 보다.

"언니! 미쳤어? 몇 번이나 불러도 밥 먹으러 안 나오더니…… . 뭔 짓이야?"

모처럼 편안한 낮잠이었는데……. 아무튼 아영이는 늘 방해꾼이다.

고양이 미르의 자존감 선물

S#24 고양이가 되는 셋째 단계

또다시 지겨운 월요일이었다. 다섯 날을 학교와 학원을 오가며 버텨야 한다고 생각하니 암담했다. 어떤 이는 학교가 재미있다고 하고, 어떤 이는 밥 먹으러 학교에 간다고도 하고, 어떤 이는 쉬는 시간이 재미있어서 간다고 하지만 내게 학교는 그냥 버티는 곳이다. 수업을 꾸역꾸역 듣다 보면 학교에서 버텨야 할 시간이 끝난다. 그러고는 학원에 가서 학원 수업을 하나하나 참아 내고 나면 집에 와 있고, 버거운 숙제를 해치우고 나면 내 몸은 침대 위에 있으며, 온갖 걱정을 싸안고 괴로워하고 나면 지쳐 나가떨어져 잠이 든다. 흐르는 시간 위에서 파도에 난파선 떠다니듯 삶이 흘러간다. 엄마아빠는 학교가 힘들면 집에서 공부해도 되고, 학원도 힘들면 전혀 다니지 않아도 된다고 여러 번 말했다. 빈말이 아니라 진심이었다. 그렇지만 나는 낙오자가 되기 싫었다. 적응 못 하고, 견디지 못해 낙오자가 될지도 모른다는 두려움이 꾸역꾸역 학원과 학교를 오가는 생활을 버텨 내는 힘이었다. 학교든 학원이든 수업 시간에 졸기는 싫었다. 반항심으로 잠을 자든, 무기력 때문에 잠을 자든 수업 시간에 잠을 잔다는 것은 나로서는 상상도 할 수 없는 일탈이었다.

아무튼, 버티고 버티다 보니 학원도 끝나고 집으로 가는 시간이 되었다. 어제 2단계는 아주 가볍게 통과했다. 2단계를 통과하자 나에게는 준회원 자격이 주어졌다. 준회원이 되었지만 홈페이지에 들어가 봐도 딱히 달라진 점은 없었다. 다른 자료는 일절 볼 수 없었다. 나 말고 다른 회원들이 있는지조차 확인할 수 없었다. 그럼에도 회원 아이디와 비밀번호를 받았을 때 받았던 충격으로 인해 나는 충실하게 과제를 수행하기로 했다.

3단계 과제는 학원이 끝나고 집으로 가면서 해야 했다. 3단계 과제를 하려면 적당한 장소를 골라야 하는데 마땅한 곳이 떠오르지 않았다. 평소에 다니지 않던 곳으로 가 봐야 했다. 상가와 원룸 건물이 있는 거리를 한참 다니다 적당한 곳을 겨우 찾아냈다. 담장은 건물과 건물 사이를 나누고 길 쪽으로 1m쯤 삐져나와 있었다. 가로등이 건물 사이를 반쯤 비춰서 사진을 찍기도 괜찮았다.

가방을 담장에 기대어 놓고 담장으로 올라갔다. 3단계 과제를 위해 골라 입은 편안한 복장이 도움이 되었다. 느릿하게 담장 위를 걸어서 어두운 쪽으로 걸어들어 갔다. 밖에서 볼 때보다 제법 높아서 아래를 내려다보니 조금 겁이 났다. 조금씩 걸으며 나도 찍고, 주변 풍경도 찍었다. 동영상을 찍으려다 삐끗해서 떨어질 뻔했다. 심장이 철렁 내려앉았다. 끝까지 간 뒤에 몸을 돌리려는데 담장 폭이 좁아서 몹시 힘들고, 겁이 났다. 겨우 몸을 돌리고 다시 반대로 걸었다. 한 번 걸어온 곳이라 처음보다는 수월했다. 가로등 불빛이 어둠을 만나는 지점에서 잠깐 멈췄다. 몸을 숙여서 담장에 조심스럽게 앉았다. 담장 아래로 발을 내리고 까딱까딱 거렸다. 꽤나 높은 담장이고 위험스런 행동이었는데 그 순간에는 전혀 겁이 나지 않고, 도리어 편안했다. 다시 일어나 동영상

고양이 미르의 자존감 선물

을 찍으며 걸었다. 담장에서 내려오려다 가만히 서서 길 건너 도시 풍
경을 구경했다. 뭔가 색다른 기분이 들었지만, 그게 뭔지는 알 수 없었
다. 마지막으로 사진을 세 장 찍고 폴짝 뛰어내리다 넘어지고 말았다.
높은 곳에 익숙해져서 담장 높이를 만만히 보았다. 떨어지면서 발을
삐끗했고, 넘어지면서 무릎을 찧었다. 일어나서 발을 움직여 보니 발
목은 괜찮은 듯했다. 그렇지만 무릎은 꽤나 시큰거렸다. 아팠지만 길거
리에서 무릎을 살필 수는 없었다. 빠른 걸음으로 집에 왔다. 아파트 승
강기에서 바지를 걷어 올려 무릎을 보았는데, 피가 그때까지도 흐르고
있었다. 피를 보면 아파야 하는데 괜히 웃음이 나왔다. 엄마 말 안 듣고
높은 곳에서 뛰어내리다 다친 아기 고양이가 된 기분이었다.

"무릎에 피……, 너 괜찮니?"

엄마는 내 피를 보고 처음에는 놀라더니, 내가 싱글벙글하는 모습을
보고 황당한 표정을 지었다.

|3장|

묘한 즐거움

S#25 고양이가 되는 넷째 단계

무릎에 약을 바르고 방에 들어와서 곧바로 홈페이지에 접속했다. 아이디와 비밀번호를 입력하고, 사진과 동영상을 첨부한 다음 [확인] 단추를 눌렀다. [확인] 단추를 누르자 자료가 올라갔고, 조금 뒤 글을 쓰는 칸이 나타났다.

담장 위에서 무엇을 느꼈는지 솔직하게 적으세요.

글을 쓰라고 하니 잠시 당황했다. 나는 학원이나 학교에서 글을 쓰라고 할 때마다 어떻게 써야 할지 몰라 선생님에게 '이렇게 써도 돼요? 저렇게 써도 돼요?' 하고 묻는다. 물어볼 대상이 없으니 글을 쓰기가 힘들었다. 어쩔 수 없이 쓰기는 하는데 제대로 쓴 글인지 엉망인 글인지 확인할 방법이 없으니 막막했다. 몇 번이나 고친 끝에 겨우 글을 완성해서 올렸다.

위험이 나를 짜릿하게 한다. 담장 위에서 바라본 세상은 담장 아래서 바라본 세상과 달랐다. 안전망이 없는 곳에서 세상을 바라보는데 불안감이 주는 기묘한 쾌감을 느꼈다. 어쩌면 고양이는 안전함에서 오는 만족보다 위험이 주는 쾌락을 즐길 줄 아는 존재인 듯하다. 나도 조금은 고양이가 된 듯하다.

글을 올리자 곧바로 인증이 되었고, 4단계 과제가 나타났다. 4단계를 수행하기 위해서는 고양이 장난감을 하나 사야 했는데, 나로서는 꽤 비싼 제품이었다. 살지 말지 한참 고민했다. 혹시 물건을 파는 사람이 홈페이지를 만들이 사기를 치는 것은 아닌지 의심했다. 그렇지만 아이디와 비밀번호를 떠올리고는 사기라는 낱말을 뒤로 밀어냈다. 인터넷으로 주문을 하고, 다음 날 통장에 입금하기로 했다. 숙제를 늦게까지 하고 침대에 누웠는데 불면증 없이 곧바로 잠이 들었다. 밤새 담장에서 뛰어다니는 꿈도 꾸었다. 뛰는 꿈이긴 했지만 힘들기보다 즐거웠다. 내 몸은 고양이처럼 가벼웠고, 아주 멋진 존재가 된 듯했다.

며칠 뒤 장난감이 도착했다. 장난감을 설치하고 동영상이 잘 찍히는 위치에 스마트폰을 놓았다. 장난감에서 빨간 불빛이 나왔다. 나는 심호흡을 하고 빨간 불빛을 손으로 잡았다. 곧바로 빨간 불빛은 내 손아귀에서 벗어나 옆으로 움직였다. 나는 다시 빨간 불빛을 손으로 잡았다. 다시 빨간 불빛이 내 손아귀에서 벗어났다. 그러기를 여러 번 거듭했다. 동영상을 넉넉히 찍은 뒤 빨간 불빛 잡기를 멈추었다. 동영상을 편집하지도 않고 그대로 홈페이지에 올렸다. 그런데 그 이전 단계와 달리 [인증실패]가 떴다.

나는 다시 불빛 잡기를 했다. 아무리 뛰어다녀도 잡히지 않는 불빛을 쫓아다니는 일은 힘들었다. 몇 분 동안 뛰어다니는 걸 찍어서 다시 홈페이지에 올렸지만 또다시 인증에 실패했다. 그 짓을 몇 번이나 반복했다. 나중에는 머리가 하얗게 변한 듯했다. 아무 생각 없이 불빛을 쫓아다녔고, 몸에서 모처럼 땀이 흥건히 났다. 마지막 동영상을 보고 나도 웃었다. 마지막 동영상을 올리고 나는 인증이 될 것임을 의심하지 않았다. 예상대로 인증이 되었고, 나는 드디어 정회원으로 승격했다. 동영상을 올린 뒤에도 한 번 더 신나게 불빛 잡기를 했다. 불빛 잡기를 하는데 문이 열렸다. 아영이었다. 아영이는 나를 보더니 "언니, 아주 미쳤구나!" 하며 문을 닫았다. 그런데 평소 같으면 엄마에게 쪼르르 가서 고자질했을 아영이가 그때는 엄마에게 아무 말도 하지 않았다.

고양이 미르의 자존감 선물

S#26 고양이가 되는 다섯째 단계

금요일, 선생님이 혹시 또 부탁할지도 모른다는 걱정에 종례가 끝나자마자 재빨리 도망을 치듯이 병원으로 갔다. 다행히 내 앞에 아무도 예약이 없어서 곧바로 상담을 진행했다. 살짝 들뜬 마음으로 상담에 임했는데, 상담을 끝내고 나서는 다시 힘이 빠지고 우울해졌다. 의사 선생님은 내게 용기를 주려고 무척 애를 썼는데, 나는 대화를 나누면 나눌수록 내 못남을 스스로 확인하게 되어 속이 쓰렸다. 내 못난 점 백 가지에 삽시간에 몇 가지가 더 붙어 버렸다.

나는 다른 사람에게 내 감정을 잘 드러내지 않는다. 그래도 내 감정은 스스로 잘 느낀다고 믿었는데, 의사 선생님과 대화를 나누면서 내 감정을 표현해 보라는 요구에 제대로 응할 수 없었다. 다른 사람에게 감정을 감추려 애쓰다 보니 나 자신도 내 감정을 잘 모르는 지경에 이른 듯했다. 내 재능이나 성향은 잘 몰라도, 내 감정은 내가 잘 안다고 믿었는데, 내가 내 감정도 모르다니, 어처구니가 없었다.

상담을 받고 절망감에 빠진 적은 많았지만 그날은 유독 심했다. 내가 모자란다는 사실이야 익히 알았지만, 새삼 전문가에게 확인을 받고 나니 무척 우울했다. 버스를 타고 가는 내내 우울함은 더 깊어졌다. 학원에서 꽤 떨어진 공원 앞 정류장에서 내렸다. 학원까지 걸어가야 하지만 여유가 있었고, 혼자 쉬고 싶어서 미리 내렸다. 공원에 앉으니 봄 햇살이 따스하게 찾아왔다. 우울감에 짓눌리던 마음 안으로 햇살과 함께 5단계 과제가 고개를 들이밀었다.

나는 눈을 감았다. 5단계는 햇살을 받으며 여유롭게 낮잠을 자는 과제였다. 통통이가 햇살을 받으며 낮잠을 자듯이 나도 그렇게 자면 된다고 생각하고 낮잠을 청했다. 그런데 일부러 낮잠을 자려고 하니 잘안 되었다. 불면증은 낮과 밤을 가리지 않았다. 억지로 낮잠을 자려고 몇 번 시도하다 포기했다. 그냥 눈을 감고 햇살을 느꼈다. 비타민D를합성하려면 햇볕을 많이 받아야 한다는 내용의 과학 수업이 떠올랐다. 통통이는 비타민D가 넘쳐날 듯했다. 넘쳐나는 비타민D를 남에게 넘겨주면 좋겠다는 생각을 하자 피식 웃음이 나왔다. 그러자 문득, 낮잠이 찾아왔다.

봄바람에 잠이 깼다. 얼마나 잤는지는 모르겠지만 무척 개운했다. 놀라운 편안함이었다. 편안함을 즐기다가 낮잠에서 깨면 곧바로 인증을 요청하라는 문구가 떠올라서 홈페이지에 들어가 5단계 인증을 눌렀다. 사진과 동영상을 찍으라는 요구가 없었기에 낮잠 인증은 어떻게 이루어지는지 무척 궁금했다. 여러 가지 예상을 했는데, 인증방식은 내 예상을 벗어났다.

어떤 꿈을 꾸었나요?

그러고 보니 잠깐 잠든 사이에 꿈을 꾼 듯했다. 부드러운 털이 나를

고양이 미르의 자존감 선물

쓰다듬는 꿈이었다. 바람이 나를 보듬는 듯했다. 기억나는 대로 적었다. 확인을 눌렀는데 [인증실패]가 떴다.

　비슷하지만 정확하지 않습니다. 정확하게 쓰세요.

　정확하지 않다는 말에 내가 어떤 꿈을 꾸었는지 골똘히 생각을 더 듣자 조금 전 꾼 꿈이 생생하게 기억났다. 놀랍게도, 그 부드러움은, 별이가 내 볼을 스칠 때마다 느꼈던, 어린 시절 감촉이었고, 바람이라고 느꼈던 것은 별이가 내쉬는 숨결이었다. 오랫동안 무의식에 묻혀 있던 감촉이 조금 전 겪은 감각처럼 선명하게 떠올랐다. 어떻게 이런 꿈을 꿀 수 있단 말인가? 홈페이지 운영자는 도대체 누구기에 내가 무슨 꿈을 꾸었는지 정확히 안단 말인가?

S#27 고양이가 되는 여섯째 단계

나는 엄마 아빠 딸로 태어나서 참 좋다. 동생도 제멋대로이긴 하지만 그리 못되지 않기에 괜찮다. 그렇지만 나는 내가 별로 마음에 안 든다. 특히 내 몸은 정말 엉망이다. 내가 다른 몸으로 태어났기를 나는 간절히 바란다. 내 몸은 저주라도 받은 걸까?

토요일 아침, 일어났는데 목이 이상했다. 느낌이 감기였다. 나는 환절기마다 감기에 걸린다. 일단 감기에 걸리면 잘 떨어지지 않고 오래 간다. 감기나 독감이 유행하면 나는 빠지지 않고 걸린다. 유행할 때 안 걸리면 내 몸은 왕따라도 당하는 줄 아는지 꼭 동참한다. 유행이 아니어도 나는 툭하면 감기에 걸린다. 환절기도 다 지났는데 감기라니, 내 몸이 한심했다. 그나마 다른 증상들은 강하게 치고 올라오지 않아서 다행이었다.

여섯째 단계는 몸을 쓰는 과제였다. 며칠 동안 반복해서 수행할 과제인데 몸이 아프니 무척 힘들었다. 그래도 어쩔 수 없었다. 과제는 주어진 기한이 있었고, 그 기한을 어기면 다음 단계로 올라갈 기회가 사라진다고 하니 몸이 아파도 무조건 해야만 했다. 몸을 써야 할 때, 건강한 몸을 간절히 바랄 때, 내 몸은 늘 나를 배신했다. 이번에도 어김없이 나를 배신하는 내 몸이 원망스러웠다. 하지만 배신은 배신이고 과제는 과제였다. 나는 힘들어도 잘 버틴다. 몸이 받쳐 주지 않아도 공부를 포기하지 않았고, 수행평가도 구멍 낸 적이 없다. 아픈 채로 뭔가를 하는 데 익숙하기에 그냥 참고 과제를 수행했다.

총 열 가지로 이루어지는 동작을 하루 세 번씩 일주일 동안 반복했다. 할 때마다 동영상과 사진을 찍어서 올리고 인증을 받았다. 열 가지 동작은 모두 고양이 몸짓을 흉내 낸 것인데, 따라 하기가 무척 까다로웠다. 고양이처럼 허리를 반대로 꺾기도 하고, 다리는 들고 팔을 그 사이로 넣어 몸을 구부리기도 하고, 고양이처럼 앉아 버티기도 하고, 몸을 동그랗게 말아서 부피를 최소화한 뒤 딱딱한 바닥에 구르기도 하고, 침대 위로 뛰어올랐다가 뛰어내리기를 반복하기도 하고, 꼬리뼈 쪽에 꼬리가 있다고 상상하면서 꼬리를 잡으려고 빙글빙글 돌기도 했다. 동작을 다 하고 나면 이마에 땀이 맺힐 정도였다. 감기몸살로 온몸이 쑤시고 아픈 상태에서 과격한 동작을 하니 무척 힘들었지만, 이상하게도 동작을 다 하고 나면 개운했다. 힘겨움을 이겨 낸 성취감에서 비롯한 개운함인지, 동작이 몸을 개운하게 만들었는지는 알 수 없었다.

일주일 동안 총 스물한 번 인증을 받고 나자 나는 우수회원으로 등급이 올라갔다. 물론 등급이 올라갔다고 해서 달라지는 점은 없었다. 홈페이지에서는 여전히 과제만 주어졌고, 다른 어떠한 정보도 알아낼 수 없었다. 우수회원으로 올라간 뒤에 곧바로 일곱째 과제가 주어졌는데, 과제가 너무나 황당했다.

고양이처럼 겉모습을 꾸미고 많은 사람들이 모인 곳에서 당당하게 다니세요.

나로서는 도저히 수행할 수 없는 과제였다. 고양이처럼 꾸미는 거야 어떻게든 하겠지만, 많은 사람들이 모인 곳에서 당당하게 돌아다닐 만한 배짱이 내게는 없었다. 길거리에서 고양이처럼 꾸미고 돌아다니면 다들 이상하다고 손가락질하며 영상을 찍어서 인터넷에 올릴지도 모른다. 그렇다고 포기하고 싶지는 않았다. 그동안 해 온 노력이 아깝기도 했지만, 무엇보다 홈페이지 운영자에 관한 비밀을 알고 싶었다. 열 가지 과제를 다 이루고 나면 운영자를 만날 수 있을지도 모른다는 기대감이 포기하지 못하게 만들었다. 사람들에게 주목받지 않으면서도 과제를 수행할 길을 찾던 중 기막힌 방법을 찾아냈다. 바로 고양이 축제였다.

S#28 고양이가 되는 일곱째 단계

다시 입을 가능성이라고는 전혀 없는 옷과 장식품을 사는 데 꽤나 많은 돈을 들였다. 쓸데없는 물건을 사는 데 돈을 들여야 하나 숱하게 망설였지만, 신비스러운 경험이 머뭇거림을 밀어내고 내 통장에서 돈이 빠져나가게 만들었다. 고양이 축제에 갈 수 있는 날은 일요일밖에 없었다. 시험이 십여 일밖에 안 남은 일요일을 통째로 써야 해서 부담스럽기는 했지만 과제를 수행하려면 어쩔 수 없었다. 고양이 축제 기간이 아니면 고양이처럼 겉모습을 꾸미고 사람들 사이를 당당하게 다닐 자신이 없었다.

일요일 오전, 하얀 천 가방에 고양이 옷, 머리띠, 꼬리, 화장도구 따위를 넣고 집을 나섰다. 고양이 옷을 겉에 바로 입을 수 있도록 가벼운 옷차림을 해서인지 봄이지만 약간 서늘했다. 축제를 하는 동네까지 가는 내내 고민했다. 아무리 고양이 축제를 하는 곳이라지만 내가 과연 고양이처럼 꾸미고 사람들 사이를 당당하게 다닐 수 있을까? 혹시 아는 사람이라도 만나면 어떻게 하지? 유별난 축제다 보니 방송에서 다룰지도 모르는데 지나가다 카메라에 찍히기라도 하면 어쩌지? 해결책도 없는 걱정을 하느라 축제를 하는 동네까지 가는 내내 머리가 아팠다. 이러다 과민대장증후군이 재발하거나, 과호흡 증상이라도 나타나면 큰일이었다. 걱정에 걱정이 덧붙여지면서 몸이 이상 신호를 보내는 듯했지만, 다행히 축제가 열리는 동네에 갈 때까지 몸에 탈이 나지는 않았다.

수없이 많은 걱정을 했지만 정작 동네에 가니 걱정은 그야말로 기우일 뿐이었다. 온통 고양이였다. 고양이처럼 꾸민 사람도 꽤 많았고, 고양이 용품과 그림, 전시회 등이 온 동네에 가득했다. 아무리 이상한 고양이 옷차림을 해도 전혀 어색하지 않을 분위기였다. 처음에는 고양이처럼 입고 빠르게 돌아다니며 인증을 한 뒤에 집에 가려고 했지만 마음이 바뀌었다. 일단 천천히 구경을 하며 축제를 즐기기로 했다. 가장 먼저 고양이 네일아트부터 했다. 하얀 고양이와 고양이 발자국, 꼬리들이 어우러진 멋진 손톱이 탄생했다. 그다음에는 고양이 사진을 전시하는 곳에 갔는데, 눈이 부시게 예쁜 고양이 사진도 많았지만, 가슴 아픈 사진도 많았다. 사람들 때문에 고통을 당하는 고양이 사진을 보니 괜히 눈물이 났다. 고양이 모양을 한 빵을 먹고, 내가 들고 간 가방에 고양이 그림으로 실크스크린(Silk Screen)도 했다. 이것저것 체험하느라 가지고 간 돈이 쑥쑥 줄어들었지만 무척 재미있었다.

한참을 즐기고 나자 마음이 무척 가벼웠고, 고양이 옷차림을 하고 돌아다닐 자신이 생겼다. 나는 화장실에 들러서 고양이 옷을 입고 머리띠를 하고, 수염과 꼬리도 달았다. 거울을 보며 얼굴에 고양이 화장을 했다. 내 방에서 몇 번이나 연습을 했는데도 실제로 하니 무척 어려웠다. 화장을 하는 데 꽤나 오랜 시간이 걸렸다. 모든 준비를 마치고 화장실을 나가기 전에 다시 한번 거울을 보며 심호흡을 했다.

'할 수 있어! 괜찮아! 여기서는 아주 자연스러운 옷차림이야. 아무

도 나를 몰라!'

속으로 다짐을 하고 격려하고 안심시키기를 몇 분이나 한 뒤에야 겨우 화장실을 나섰다. 햇살이 고양이털처럼 부드럽게 나를 맞았다. 지나가던 몇 사람이 나를 힐끗 쳐다보았지만 이상한 사람으로 취급하는 분위기는 없었다. 나와 똑같지는 않지만 고양이 분장을 하고 돌아다니는 사람이 여럿 있었기에 나는 그리 튀지도 않았다. 걱정은 바람에 날려 사라지고, 즐거움이 내 심장을 가득 채웠다. 나는 신나게 고양이 축제를 돌아다녔다. 처음에는 카메라를 피했지만 나중에는 뻔뻔해져서 전혀 모르는 사람들과 함께 사진도 찍었다. 내 옷차림이 독특하니 가게 주인이나 행사를 진행하는 사람들이 나에게 잘해 주었다. 공짜로 여러 기념품도 받았고, 예쁜 반팔 옷도 한 벌 얻었다. 즐거운 하루였고, 당연히 일곱째 단계 인증은 가볍게 통과했다.

이건 말도 안 돼!

S#29 고양이가 되는 여덟째 단계

3학년 1학기 시험은 망치면 안 된다. 시험을 망치면 지금까지 나의 모든 노력은 물거품이 된다. 내 목표를 위해서는 중간고사를 잘 봐야 한다. 그 어느 때보다 압박감이 심했다. 암기력도 안 좋고, 이해력도 떨어지는 내가 시험을 잘 보는 방법은 반복과 시간 투자밖에 없다. 그런 점에서 고양이 축제에서 하루를 거의 다 써 버린 타격이 컸다. 쉬는 날 하루가 통째로 날아가 버리니 원래 하던 만큼 시간을 투자할 수가 없었고, 그만큼 공부는 모자랐으며, 그로 인한 불안감이 점점 심해졌다. 병원에 상담을 받으러 가지도 못해 더 불안했다.

시험기간이라 고양이가 되는 여덟째 과제가 어려우면 어쩌나 걱정했지만 뜻밖에도 아주 쉬웠다. 홈페이지에서 그리라고 지시한 기묘한

눈 그림을 천연 헤나로 양쪽 팔뚝에 그리면 되는 과제였다. 오른쪽 팔
뚝에는 오른쪽 눈을, 왼쪽 팔뚝에는 왼쪽 눈을 그리면 되었다. 눈 그림
도 아주 단순했다. 오른쪽 눈을 그리는 방법은 다음과 같다.

먼저 한 점을 찍는다. 점에서 오른쪽으로 선을 그리는데 부드러운
곡선으로 올라갔다가 부드럽게 내려간 뒤 살짝 오르는 척하다가 끝낸
다. 이게 눈썹이다. 살짝 아래에 같은 모양으로 선을 그리는데 첫 선보
다는 조금 왼쪽 아래에서 출발한다. 이게 눈꺼풀이다. 아래로 살짝 굽
은 반달 모양 선을 눈꺼풀 선과 연결해 눈 모양을 만든다. 그러면 부드
러운 곡선으로 이루어진 눈썹에, 눈꼬리가 긴 눈 형태가 그려진다. 눈
모양을 만든 뒤 눈 아래쪽에서 반듯한 선을 아래로 조금 굵게 그린다.
같은 점에서 왼쪽 사선으로 얇은 선을 살짝 그린다. 그리고 같은 지점
에서 오른쪽 45도 방향으로 선을 긋다가 위로 올리면서 돌돌 말린 고
양이 꼬리를 표현한 뒤에 마무리한다. 마지막으로 눈 안쪽에 동그란
눈동자를 진하게 그려 넣으면 완성이다.

내가 왼손잡이라서 오른쪽 눈을 그릴 때는 아주 간단하게 끝냈다.
문제는 왼쪽 눈이었다. 하지만 수없이 연습한 끝에 겨우 완성했다. 나
란히 놓고 보니 완벽한 좌우대칭이어서 매우 만족스러웠다. 마법 그림
같아서 조금 이상했지만 소매로 가려져서 부담감은 없었다. 이렇게 쉬
운 과제가 왜 여덟째 단계인지 알 수 없었다. 전 단계처럼 사진이나 동
영상을 찍어서 올리는 인증 과정도 없이 그냥 그리고 다니기만 하면
되었다. 언제까지 그린 채로 다니라는 지시도 없었다. 궁금한 것이 많

앉지만 물어볼 데는 없었고, 시험기간이라 더 이상 궁금할 틈도 없었다.

　중간고사 첫 시험은 수학이었다. 시험을 보기 직전, 조금 전까지 있던 지우개가 보이지 않았다. 지우개가 없으면 문제를 풀다가 틀려도 고칠 수가 없다. 유난히 문제를 풀다가 실수를 많이 하는 나에게 시험을 볼 때 지우개는 필수품이다. 시간은 촉박하고 해결책은 없는 막막함에 걱정과 불안으로 어쩔 줄 모르는데 양쪽 팔뚝이 화끈거렸다. 눈을 그려 놓은 두 곳이었다. 조금 뒤 갑자기 채경이가 자기 지우개를 나한테 넘겨주었다. "넌 괜찮아?" 했더니, "어차피 나는 찍고 잘 거야!" 하고는 정말 시험 볼 때 그냥 쭉 찍고는 자 버렸다. 이번에 100등 안에 들어서 쌍꺼풀 수술을 꼭 한다더니 포기한 모양이었다. 그 덕분에 수학 시험은 그 어느 때보다 좋은 결과를 얻었다. 다른 과목도 제법 잘 나와서 매우 만족스러웠다.

　중간고사 마지막 과목은 국어였다. 국어는 내 아킬레스건이다. 아무리 공부해도 시험점수가 엉망이다. 수행평가에서 만회를 못 했다면 국어 점수는 내 꿈을 접게 만들 만큼 처참한 상태에 머물렀을 것이다. 이번에도 국어 공부에 많은 시간을 투자했지만, 역시나 시험은 어려웠다. 공부는 충분히 한다고 했는데 막상 시험을 보니 머리가 하얘져 버렸다. 대략 일곱 문제를 찍었다. 찍을 때마다 팔뚝이 화끈거렸다. 이번에도 망쳤다고 절망하며 친구들과 답을 맞춰 봤는데 내가 찍은 게 전부 정답이었다. 이런 기적이 일어나다니, 믿을 수가 없었다.

S#30 고양이가 되는 아홉째 단계

시험이 끝난 날, 채경이와 단둘이 노래방을 찾았다. 노래방에 들어가자마자 채경이는 쌍꺼풀 수술을 포기한 한이 담긴 서러움을 노래로 쏟아 냈고, 나는 내게 찾아온 행운에 기뻐하며 상큼한 노래를 불렀다. 조금 뒤 채경이가 엄청 높은 고음을 질러 대는 노래를 불렀고, 나도 채경이를 따라서 소리를 질렀다. 고음으로 이어지던 노래는 조금 뒤 흥겹고 신나는 노래로 이어졌고, 둘 다 미친 듯이 몸을 흔들며 춤을 추었다. 채경이야 원래 그렇게 노는 애였지만 나는 그렇게 노는 게 처음이었다. 채경이는 처음에는 나를 보며 깔깔거리더니 나중에는 더 신나게 뛰어다녔다. 나도 채경이처럼 미친 듯이 뛰고 몸을 흔들고 되지도 않는 고음을 내뱉었다. 뛰고 소리치니 시험에 짓눌렸던 몸이 족쇄에서 벗어나 하늘을 훨훨 나는 듯 편안해졌다.

소리를 지르고 몸을 흔들 때마다 팔목이 화끈거렸다. 마치 강력한 파스를 막 붙였을 때와 엇비슷한 느낌이었는데 그리 거슬리지는 않았다. 목이 아파서 더는 부르기 힘들 때까지 노래방에서 놀았다. 하도 뛰고 춤을 추어서 옷은 땀에 절고, 목소리는 쉬어서 채경이와 헤어질 때 안녕이란 말도 제대로 나오지 않을 지경이었다. 채경이와 헤어지고 땀을 식히려 소매를 걷자 헤나로 그린 두 눈이 드러났다. 이상했다. 그린지 열흘이나 되었는데 옅어지기는커녕 문양이 더 선명해 보였다. 타투를 한 게 아닌데 타투보다 더 선명했다. 문양을 만지니 손끝에서 열이 느껴졌다. 날씨가 꽤 더웠지만 얼른 소매를 내려 문양을 가렸다.

집으로 돌아와 홈페이지에 들어갔다. 아이디와 비밀번호를 넣고 확인을 누르니 곧바로 내가 최고회원이 되었다는 글이 떴다. 내가 뭘 어떻게 했기에 여덟째 단계를 통과했는지 알 수 없는 노릇이었다.

아홉째 단계에서 수행할 과제는 고양이 말 익히기입니다.

고양이 말을 익히라니, 어처구니가 없어서 실소가 터졌다.

다음에 첨부한 파일을 들으며 고양이 말을 익히세요.
고양이 말을 다 익히면 최종단계로 진입합니다.

학습할 목록 30개가 떴다. '그랬다냥', '공부했다냥', '궁금하다냥'과 같은 말이 나올 거라 예상하며 목록 1번을 눌렀다. 화면에 귀여운 고양이가 나오더니 사람 소리가 들렸다. 기계로 만들어 낸 듯한 소리였다.

고양이는 완벽하다.

그 뒤에 고양이 소리가 들렸다. '이~~야~~옹~!' 같기도 하고, '이이야~~~오-' 같기도 한데 아무튼 뭔지 잘 알아들을 수가 없었다. 따라 하라고 해서 따라 했다. 틀렸다면서 다시 따라 하라고 했다. 수십 번을 반

고양이 미르의 자존감 선물

복한 뒤에야 겨우 통과할 수 있었다. 뭐가 다른지 나는 전혀 알 수가 없지만 통과했다니……. 그다음은 '책을 찾아라' 하고 사람 말이 나온 뒤 그에 맞는 고양이 말이 나왔다. 그렇게 30가지 고양이 말을 익혔는데, 다 마쳤음에도 전혀 기억나지 않았다. 목록만 30개고, 한 목록당 고양이 말이 30개니까 총 900가지 고양이 말을 익혀야 하는데, 그걸 언제 다 익힐지 막막했다.

S#31 고양이와 대화를?

중간고사가 끝난 뒤 사흘을 여유롭게 지내고, 그다음부터 다시 바빠졌다. 과학고 준비 때문이었다. 학교에서는 생활기록부에 기록할 내용을 만들기 위해 이런저런 활동을 해야 했고, 학원에서는 과학고 시험을 준비하기 위해 치열하게 공부했다. 그런 와중에도 나 혼자 있는 시간에는 고양이 말을 익혔다. 머릿속에 욱여넣어야 할 공부 양이 너무 많았다. 타고난 머리가 그리 좋지 않은 나는 곧바로 과부하가 걸렸다. 힘들면 올라오는 증상이 곧바로 몸으로 나타났다. 잦아들었던 온갖 병이 다시 꿈틀거렸다. 약을 더 늘리고 약 성분은 더 강해졌다. 겨우겨우 버티며 하루하루를 살았다.

그러던 어느 일요일 아침, 나는 일어나지 못했다. 몸에 남은 에너지가 완전히 빠져나간 듯했다. 배터리가 방전되어 아무리 전원을 눌러도 변화가 없는 휴대전화처럼 꼼짝할 수가 없었다. 이대로 먼지처럼 사라지면 좋겠다는 충동이 일었다. 미세먼지로 뿌연 하늘이 심장을 쥐어짜며 나를 잡아끌었다. 이대로 끝내 버리라고, 이대로 사라져 버리라고, 그럼 다 괜찮다고, 사라지면 고통도 목표도 다 없어진다고……. 강력한 충동이었다. 약을 먹어야 했다. 내 의지로 누를 수 없는 충동이었다. 약을 향해 움직일 힘이 없었다. 한없는 충동이 나를 창문으로 잡아끄는데, 그쪽으로 몸이 끌려가면서도 약 먹을 힘은 없었다. 눈물이 나려고 했다. 내 의지와 반대로 움직이는 몸이 무서웠다.

위이~ 잉 !

휴대전화에서 울리는 진동이었다. 강한 진동이 창문으로 다가가는 나를 멈춰 세웠다. 진동이 방전된 내 몸에 에너지를 불어넣었다. 나는 충전된 에너지를 총동원해서 충동을 억눌렀다. 입을 앙다물고 몸을 틀어 휴대전화로 손을 뻗었다. 휴대전화는 계속 부르르 떨었다. 휴대전화를 쥔 내 손도 부르르 떨렸다. 양쪽 팔목이 시큰거렸다. 휴대전화를 들어 발신자를 확인했다. 발신 번호가 뜨지 않았다. 진동은 더 강해졌다. 여느 때 같으면 받지 않을 전화였지만, 충동을 이겨내려고 일부러 전화를 받았다.

"여…보……세…요."

네 음절을 내뱉기도 무척 힘들었다.

"이－－╱↦ 야－－－－～ ～ 오⌒－ ↳－⌣옹."

고양이 소리였다.

대꾸하기가 두려웠다. 한마디만 하면 또다시 배터리가 방전될 듯했다. 그래도 힘을 냈다.

"누구……세요?"

"이－－╱↦ 야－－－－～ ～ 오⌒－ ↳－⌣옹."

짜증이 버럭 났다. 일요일 아침에 나에게 누가 장난 전화를 한단 말인가?

"너 누구야? 장난……."

그때 내 말을 끊으며 고양이 소리가 크게 울렸다.

"야… 오↝옹！！！"

갑자기 두 팔뚝에서 감전이라도 된 듯 강력한 충격이 일어났다. 그리고 조금 전 고양이 소리가 무슨 뜻인지 알아차리고 말았다. 나는 그동안 익혔던 고양이 말을 떠올리며 고양이 말로, '누구냐'고 물었다.

"이↪↠야↠⋯옹?"

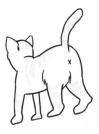

고양이 미르의 자존감 선물

S#32 엄지발가락

아무래도 내가 보기에도 내가 정상으로 보이지는 않았다. 고양이 말로 대화를 나누고, 고양이 음성이 가라고 시키는 동네를 방문한 나는 아무리 봐도 정상은 아니었다. 고양이 말로 대화를 했다는 걸 누가 믿을까? 정신과 병원에서 이런 이야기를 했다가는 강제로 입원을 당할지도 모른다.

아주 낡은 동네였다. 높은 빌딩도 없고, 화려한 간판도 전혀 없었다. 길은 차 한 대가 겨우 다닐 만큼 비좁고, 시멘트 담장은 군데군데 부서져서 오랜 세월을 드러내었다. 낡은 집이 많았고, 사람도 거의 다니지 않았다. 거리에서 가끔 만나는 사람은 거의 다 나이가 많은 어르신들이었다. 나는 고양이 목소리가 알려 준 서점을 찾았다. 골목과 골목을 돌고 돌아서 낡은 간판을 단 서점을 어렵게 찾았다. 삐걱거리는 유리문을 옆으로 열고 서점 안으로 들어갔다. 오래된 책 냄새가 확 풍겼다.

"계세요?"

아무런 대답이 없었다.

"아무도 안 계세요?"

여러 번 불렀지만 역시 대답이 없었다.

그 자리에서 기다릴까 하다가 마냥 기다릴 수는 없어서 안으로 들어갔다. 가장 먼저 '이 책장에 꽂힌 책은 모두 천 원'이라는 팻말이 보였다. 팻말 글씨는 굵은 유성펜으로 쓰였는데, 쓴 지 얼마 안 된 듯했다.

팻말 아래에 꽂힌 책을 살펴봤는데 내가 읽을 만한 책도 없고, 고양이 목소리가 찾으라는 책도 없었다. 서점 안으로 들어갔다. 사람 한 명이 겨우 지나갈 만한 통로를 사이에 두고 책이 천장까지 높게 쌓여 있었다. 툭 건드리면 책이 쏟아져 내릴 듯하고, 오래된 백열등은 흐릿해서 통로를 지나가기가 조금 무서웠다. 통로는 미로처럼 복잡했고 책은 셀 수 없이 많아서 고양이 목소리가 말한 책을 찾기는 거의 불가능해 보였다. 주인에게 도움을 받지 않고는 내가 바라는 책을 찾을 가능성은 거의 없어 보였다.

"계세요?"

다시 불렀지만 대답이 없었다. 주인이 나타날 때까지는 어쩔 수 없이 내가 찾는 수밖에 없었다. 통로를 돌아다니며 제목이 비슷한 책이 없는지 계속 찾았다. 세로로 겹겹이 쌓아 둔 책도 많아서 제대로 살피기도 힘들었다. 다른 통로로 이동했다. 불빛이 더 어두웠다. 허리를 숙여 책을 찾는데, 뭔가 내 발을 툭 건드렸다.

"깜짝이야!"

"야옹!"

온몸이 솜처럼 하얀 털로 뒤덮인 뚱뚱한 고양이였다. 혹시 고양이 말을 알아들을 수 있나 싶어서 고양이 말을 건넸지만, 뚱뚱한 고양이는 내 다리에 몸을 부비며 귀염을 떨기만 할 뿐 내 말에 대꾸도 안 했다. 내가 한 짓이 어이가 없어서 헛웃음이 나왔다. 고양이를 몇 번 쓰다듬어 준 뒤에 다시 책을 찾았다. 고양이는 한동안 내 옆에 있더니 어느

고양이 미르의 자존감 선물

순간 사라져 버렸다. 통로를 따라 안쪽으로, 더 안쪽으로 계속 들어갔다. 그러다 기적처럼 내가 찾던 책이 눈에 띄었다. 꽤 떨어진 곳에 꽂힌 책이었는데, 선명하게 눈에 들어왔다. 기쁜 마음으로 책에 다가가는데 흰빛이 '휙~' 하고 지나치더니 책을 뽑아서 사라져 버렸다. 화들짝 놀라서 흰빛을 뒤쫓았는데, 작은 쪽문이 열린 채 흔들리는 게 보였다. 쪽문을 밀고 밖으로 나갔는데, 맞은편 담벼락 앞에 조금 전에 만났던 하얀 고양이가 보였다. 하얀 고양이는 엄지발가락을 마치 사람 엄지손가락처럼 쓰며 책을 들고 있었다.

하얀 고양이 추격전

|1장|
이상한 나라의 고양이

S#33 움직이는 벽화

"그 책 이리 줄래?"

하얀 고양이에게 손을 뻗으며 느릿하게 다가갔다. 하얀 고양이는 나를 빤히 바라보더니 책을 건네줄 것 같은 몸짓을 했다. 나는 하얀 고양이와 눈을 마주치며 위협으로 느껴지지 않게 조심하며 부드럽게 다가갔다. 책과 내 손이 두 뼘 정도 거리에 이르렀을 때 하얀 고양이가 빙그레 웃었다. 그 웃음에 손이 멈칫 하는 순간, 하얀 고양이가 갑자기 몸을 틀어 골목으로 도망을 쳤다.

"기다려!"

급하게 소리쳤지만 고양이는 내 말을 듣지 않았다. 하는 수 없이 재빨리 하얀 고양이 뒤를 쫓았다. 여느 고양이 같으면 내가 도저히 따라

가지 못하겠지만 하얀 고양이는 뚱뚱한 데다가 한쪽 발(손이라고 해야 하나?)에 책을 들고 있어서 내 뜀박질로 넉넉히 따라갈 만했다. 이리 꺾이고 저리 꺾인 골목길에서 고양이 추격전이 벌어졌고, 나와 하얀 고양이 사이는 점점 가까워졌다. 철근이 삐져나온 담장 바로 옆에서 하얀 고양이를 붙잡을 뻔했는데 아슬아슬하게 내 손에서 빠져나갔다. 추격을 계속하는데 골목이 왼쪽으로 구부러진 뒤에 갑자기 확 넓어졌다. 넓은 길로 나왔으면 하얀 고양이가 더 잘 보여야 하는데 하얀 고양이가 안 보였다.

둘레를 한참 살피는데 하얀 고양이는 보이지 않고 아주 멋진 벽화가 눈에 띄었다. 개, 사슴, 곰, 고래 등 온갖 동물들이 그려진 벽화였다. 예쁘면서도 톡톡 튀는 귀여운 동물들이 서로 다양한 동작과 표정으로 갖가지 이야기를 벽화 속에 풀어놓았다. 가만히 지켜보며 그림 속에 담긴 이야기를 모두 꺼내 보고 싶었지만 그럴 여유는 없었다. 하얀 고양이를 찾는 게 급했다. 벽화에서 눈길을 떼려는데 벽화 속에서 뭐가 움직였다. 처음에는 착각인 줄 알고 무시하려고 했는데 워낙 확연한 움직임이어서 무시할 수가 없었다. 벽화에 그려진 노란 얼룩무늬 고양이가 벽화 안에서 팔딱팔딱 뛰었기 때문이다. 그 고양이는 벽화 곳곳을 뛰어다니더니 다시 처음 있던 자리로 돌아와서는 나를 빤히 쳐다보았다.

환상인가? 손으로 눈을 비볐다. 노란 얼룩무늬 고양이와 눈이 마주쳤다. 눈동자가 생생했다. 살아 있는 고양이 같았다. 말도 안 되는 일이었다. 눈을 감았다가 떴다. 노란 얼룩무늬 고양이가 앞발 검지를 들더니 벽화 왼쪽 아래편을 가리켰다. 검지가 가리키는 곳으로 눈길을 돌리니 하얀 고양이 얼굴이 보였다. 그 아래로 까만 화살표가 있는데 화살표 끝에는 구멍이 뚫려 있었다. 그 구멍은 고양이 한 마리가 딱 지나갈 만한 크기였다.

다시 노란 얼룩무늬 고양이를 보았다. 노란 얼룩무늬 고양이는 나를 가만히 바라보더니 다시 구멍을 가리켰다. 그림이 움직이다니, 있을 수 없는 일이었다. 아무래도 착시 같았다. 어쩌면 내 정신이 드디어 현실과 환상을 구분하지 못하게 됐는지도 모른다는 의심이 들었다. 두 손으로 눈을 비볐다. 노란 얼룩무늬 고양이는 꼬리를 탁탁 쳤다. 고양이가 불만을 드러낼 때 취하는 동작이었다. 그러더니 몇 걸음을 구멍 쪽으로 옮기고는 다시 앞발 검지로 구멍을 가리켰다. 나는 다시 손으로 눈을 가리고는 심호흡을 했다. 이건 환상이야! 진짜일 리가 없어! 하얀 고양이를 뒤쫓느라 빠르게 뛰던 심장이 점점 진정되었다. 침착하자! 있는 그대로 봐야 해. 눈을 떴다. 노란 얼룩무늬 고양이가 다시 꼬리를 탁탁 치더니 싱긋 웃었다.

"말도 안 돼! 이건 있을 수 없는 일이야."

혼잣말을 하며 고개를 세차게 흔드는데 고양이 소리가 들렸고, 나는 그 뜻을 알아들었다.

"네가 쫓는 녀석은 저 구멍으로 들어갔어."

S#34 말하는 고양이 그림

둘레를 두리번거렸다. 다른 고양이는 보이지 않았다.

"저 구멍으로 들어갔다니까."

노란 얼룩무늬 고양이를 똑바로 봤다. 눈동자에서 생명력이 느껴졌다.

"그 녀석은 저 구멍으로 들어갔어."

입술이 움직이고, 소리가 들렸다. 어처구니없었지만 의심할 바 없이 벽화 속 노란 얼룩무늬 고양이한테서 들리는 목소리였다.

"너…… 맞아?"

나는 손가락으로 노란 얼룩무늬 고양이를 가리켰다.

"내가 말한 거 맞아."

노란 얼룩무늬 고양이는 입술을 움직인 뒤 몇 걸음 걸어서 구멍을 뒷발로 툭툭 건드렸다.

"그 녀석은 이 구멍으로 들어갔어."

이제 하얀 고양이가 구멍으로 들어갔다는 사실도 받아들일 수밖에 없었다.

"그 녀석이 책을 들고 들어가던데 혹시 그 책을 찾는 거니?"

"내가 책을 찾는 줄은 어떻게 알았어?"

"조금 전에 저쪽 문을 열고 뛰어나오는 걸 봤으니까."

노란 얼룩무늬 고양이가 가리키는 방향을 보니 작은 쪽문이 보였다.

자세히 안 봐도 그 쪽문이 조금 전에 나온 서점 뒷문임을 알 수 있었다. 빙글빙글 돌아 결국 같은 자리로 오다니, 몹시 허탈했다.

"혹시 그 하얀 고양이가……."

"그 녀석 이름은 미르야."

"그래, 그 미르, 엄지발가락을 마치 사람처럼 쓰던데……."

"그건 그 녀석이 한때 사람이었기 때문이야."

정말 사람이 고양이가 될 수 있다니……, 믿기지 않았다. 내가 고양이가 되겠다고 별 짓을 다했지만 진짜 될 거라고는 믿지 않았다. 그냥 허전하고 신기해서 따라 했을 뿐이다.

"사람이었던 존재가 고양이가 되면 앞발 엄지발가락이 마치 사람 엄지손가락처럼 틀어져. 일반 고양이와 사람에서 변신한 고양이를 구별하는 유일한 방법이지."

"그럼, 설마 너도……."

노란 고양이는 대답 대신 엄지발가락을 틀어 보였다.

"그 녀석에게서 책을 찾으려면 저 구멍으로 들어가야 해."

구멍을 봤다. 내가 들어가기에는 지나치게 작았다.

"저길 어떻게 들어가?"

"들어갈 수 있다고 믿으면 들어갈 수 있어."

이상한 일이 많이 벌어지긴 했지만 그 구멍을 통과할 수 있다고 믿기는 어려웠다.

"너는 고양이가 될 수 있다고는 믿으면서, 이건 안 믿는단 말이야?"

고양이 미르의 자존감 선물

그러고 보니 맞는 말이었다. 고양이가 되기보다 구멍을 통과하는 게 더 쉽게 느껴지기는 했다.

"믿음 없이는 아무것도 이루어지지 않아."

그 말을 듣자 전혀 다른 믿음이 마음 속으로 파고들었다. 정말 가능하리란 믿음이었다.

"난 믿어. 나는 고양이가 되고, 그 구멍으로 들어갈 거야."

확신에 차서 말하는 순간, 꿈에서 낭떠러지로 떨어지듯이 몸이 쑥~ 구멍으로 빨려들었다.

S#35 무거운 목소리

떨어지는 꿈과 똑같았다. 아주 긴 낙하였다. 공포스럽진 않았다. 물이 깔때기로 빨려들 듯이 몸이 어떤 중심점을 향해 빨려드는 기분이었다. 눈을 떴지만 아무것도 보이지 않았다. 소리도 들리지 않았고, 어떤 냄새도 안 났다. 오직 촉감만 내 몸이 움직이고 있음을 느끼게 했다. 흐름은 점점 느려졌고, 물 위에 떠다니는 나무토막처럼 둥실둥실 움직였다. 눈을 곳곳으로 돌렸지만 빛 한 줌 보이지 않았고, 귀를 쫑긋 세웠지만 소리 한 점 들리지 않았고, 깊이 호흡을 했지만 냄새 분자 하나 잡히지 않았다.

그러다 발바닥에 뭔가 닿았다. 아주 부드러운 바닥이었다. 균형을 잡고 섰다. 팔을 휘저었다. 조심스럽게 걸으며 팔을 내 뻗었다. 아무것도 손에 걸리지 않았다. 혹시 작은 소리라도 잡아내려고 귀를 이곳저곳으로 움직였지만 여전히 아무 소리도 들리지 않았다. 몸을 숙여 손으로 바닥을 조심스럽게 만졌다. 흙은 아니었다. 딱딱한 콘크리트도 아니었다. 부드러운 천을 팽팽하게 펴놓고 그 위를 만지면 엇비슷한 감각이 들지도 모르겠다는 생각이 들었다. 몸을 일으켰다. 몸을 360도 돌리며 사방을 살폈지만 여전히 아무것도 보이지 않았다. 움직일 수도 그 자리에 머무를 수도 없었다. 이러지도 저러지도 못하는 난감한 상황이었다.

그때 낮으면서 두껍고, 느릿하면서도 무거운 목소리가 들렸다.

고양이 미르의 자존감 선물

【오랜만에 보는 인간이군.】

잠깐 무서운 생각이 들었지만, 목소리에 악의가 느껴지지 않아 안심했다.

"누구세요? 여긴 어디죠?"

내 목소리가 떨려 나왔다.

【고양이 흉내를 몇 번 냈군.】

여전히 목소리는 칙칙하고 낮게 깔렸다. 이유는 모르겠지만 목소리를 들으니 질문을 하면 안 될 것 같은 기분이 들었다. 수많은 의문이 떠올랐지만 입 밖으로 질문을 꺼낼 수가 없었다. 그렇다고 가만히 기다릴 처지도 아니었다. 선뜻 입이 열리지 않았지만, 힘겹게 용기를 내서 질문을 했다.

"혹시, 하얀 고양이 못 보셨어요?"

【고양이들은 늘 말썽이야. 하지 말라고 하면 하지 말아야지, 도대체 규칙을 지킬 줄을 몰라. 끊임없이 사고를 치고, 사고를 쳐 놓고는 모른 척해. 자기가 벌인 짓을 책임이라도 지면 몰라. 고양이들은 사고를 쳐 놓고는 책임을 안 져. 잘못은 금방 까먹고 뻔뻔스럽게 자기가 뭘 잘못했냐는 식으로 당당해. 자기 잘못에서 교훈을 얻지 못하는 족속들이라니, 딱 질색이야.】

고양이를 향한 불만을 길게 쏟아 내면서도 목소리는 여전히 낮고 무거웠다. 고양이를 싫어하니 하얀 고양이가 어디로 갔는지 더는 물어볼 엄두가 나지 않았다.

【아무리 봐도 너는 고양이와 안 어울리는데, 고양이 흉내를 내는 이유를 모르겠군. 고양이는 세상에서 가장 말썽쟁이야. 질서를 파괴하고, 혼란을 일으키지. 자기밖에 모르는 족속이라 이타심이라고는 없어. 그런 고양이를 흉내 내다 보면 너도 고양이처럼 못된 습성이 생길 거야. 괜히 엉뚱한 짓을 벌이지 말고, 네가 있던 곳으로 돌아가는 게 좋아.】

무거운 목소리가 낮고 깊게 파고들었다. 마음이 흔들렸다. '저도 돌아가고 싶다'는 말을 하려다 겨우 참아 냈다. 그 말을 하면 현실 세계로 되돌아가 버릴지도 모른다는 직감이 언뜻 스쳤기 때문이다. 한편으로는 돌아가고 싶었지만, 다른 한편으로는 이 세계가 어떤 곳인지 알고 싶었다. 하얀 고양이가 훔쳐 간 책에 무엇이 있는지 알고 싶었다. 이 괴상한 목소리를 내는 존재도 알고 싶었다. 궁금증이 끝없이 피어올랐다. 그러다 문득 아주 멋진 생각이 떠올랐다.

고양이 미르의 자존감 선물

S#36 경계선

"맞아요. 고양이들은 늘 말썽이죠. 안 그래도 그 하얀 고양이가 제 책을 훔쳐갔어요. 제게 얼마나 소중한 책인지도 모르고, 장난으로 훔쳐가 버리다니 너무했어요. 그러니까 꼭 찾게 도와주세요."

나는 공감하는 척하며 내 의도를 드러냈다. 내 말은 즉각 효과를 발휘했다.

【역시, 고양이들이란 인간 세계에서나 여기에서나 늘 말썽만 부려. 그 하얀 고양이, 이름이 미르였던가? 아무튼 미르 녀석이라면 조금 전에 이곳을 지나 저쪽으로 갔어.】

아무것도 보이지 않으니 무거운 목소리가 말하는 저쪽이 어디인지 나로서는 전혀 알 수 없었다. 저쪽이 어디인지 물어보려고 질문을 하려고 했지만 입이 열리지 않았다. 나도 모르는 강력한 힘이 내 입을 봉쇄해 버린 듯했다. 나는 질문을 하는 대신 에둘러 말했다.

"그 녀석 이름이 미르군요. 꼭 잡아서 혼내 줘야 하는데, 도대체 아무것도 안 보여서 찾을 수가 없네요."

【아, 그렇군! 인간은 이곳에서는 아무것도 볼 수가 없지. 쯧쯧쯧! 불쌍한 인간! 인간이란 존재는 쓸모 있는 능력이라곤 하나도 없어. 쓸데없이 이상한 도구나 만들고, 그것들에 짓눌려 지내는 멍청한 족속들이지.】

인간이기에 기분이 상했지만 꾹 참았다.

"그러게요. 인간이 참 미련하긴 하죠."

【오랜만에 아주 솔직한 인간을 만나는군.】

기분이 꽤 좋아진 듯한데 말투에서는 감정이 묻어나지 않았다.

【방향을 알아볼 수 있도록 조금 도와주지.】

서늘한 바람이 볼을 스쳤다. 물기를 아주 많이 머금은 안개라도 낀 듯이 피부에 습기가 느껴졌다. 그러고는 잿빛이 연기처럼 피어오르며 사방으로 번져 나갔다. 완벽하게 까만 공간에 잿빛이 퍼지면서 공간 감각이 되살아났다. 여전히 아무런 사물도 보이지 않았지만 시각이 열리고, 거리감이 느껴졌다. 위쪽은 여전히 새카만 어둠이었지만 넓게 퍼진 잿빛 안개가 바닥과 공중을 나누어 주었다. 흐릿하지만 경계선이 드러나고, 공간감이 되살아나자 불안감이 조금은 줄어들었다.

"미르가 안 보여요. 못된 녀석이 꽁꽁 숨은 모양이네요."

【숨어 봐야 내 손아귀를 벗어나지 못해. 옆으로 조금 몸을 틀어. 아니 왼쪽으로. 그래 조금 더. 좋아! 이제 앞으로 걸어. 그대로 쭉 걸어가면 돼.】

나는 무거운 목소리가 알려 주는 방향으로 걸었다. 발이 움직일 때마다 습기가 몸으로 파고들었다. 몸이 습기에 젖어들수록 점점 귀찮아졌다. 내가 굳이 하얀 고양이를 쫓아가서 뭔지도 모를 책을 찾아야 할 이유가 없었다. 하얀 고양이가 책을 가져가든 말든 무슨 상관이란 말인가? 그대로 바닥에 쓰러져서 아무 생각 없이 쉬고 싶었다. 평소에 잠을 자려고 무진 애를 썼던 기억이 떠올랐다. 이제는 눈을 감으면 바로 바닥에 쓰러져서 자고 싶을 때까지 잘 수 있을 듯했다. 아무것도 안 하고 깊은 잠에 빠질 수 있는 멋진 기회였다. 발걸음을 떼기가 귀찮았다.

고양이 미르의 자존감 선물

【삶은 귀찮은 거지. 굳이 뭔가를 하려고 애쓸 까닭이 없어. 편안히 이 어둠에 누워 쉬는 게 최고지. 나는 언제까지나 너를 푹 쉬게 해 줄 능력이 있어. 너에게 이곳은 천국이 될 거야. 아주 멋진 천국이지. 아무것도 안 하고 푹 쉬는 천국⋯⋯.】

무거운 목소리가 발걸음을 더욱 무겁게 했다. 발이 멈췄다. 그대로 바닥에 몸을 눕히고 싶었다. 다리에 힘이 풀리고 몸이 쓰러지려 할 때, 흰빛이 강렬하게 번쩍이며 내 눈을 깨웠다.

| 2장 |

금지된 것을 욕망하라

S#37 뒤돌아보지 마

정신이 번쩍 든 나는 다리에 힘을 주고 우뚝 섰다. 물을 머금은 스펀지처럼 무겁던 몸이 아주 조금씩 가벼워졌다. 나는 흰빛을 향해 발걸음을 내디뎠다. 흰빛은 자석처럼 나를 끌어당겼고, 내 발은 흰빛을 향해 힘차게 움직였다. 느릿한 목소리와 습한 안개가 끊임없이 나를 방해했지만 내 발걸음은 점점 빨라졌고, 그에 맞춰 몸도 더욱 가벼워졌다.

【더는 여기에 머물지 않겠다면, 좋아! 뭐, 어차피 미르를 잡겠다고 했으니 내가 도와주지. 저 흰빛이 있는 곳은 가까운 듯 보이지만 제법 먼 거리야. 따라가려면 시간이 꽤 걸릴 테니 내가 같이 가면서 너에게 도움이 될 만한 이야기를 해 주지.】

무거운 목소리가 나를 따라오며 귀에 대고 계속 속삭였다. 별로 도움이 되지 않을 듯해서 듣기 싫었지만 안 들을 방법이 없었다. 대놓고 손으로 귀를 막을 수는 없는 노릇이었다.

【그리스신화에 나오는 오르페우스에 관한 이야기야. 오르페우스는 에우리디케와 결혼했는데, 결혼한 뒤 얼마 지나지 않아 에우리디케가 뱀에게 물려 죽어. 오르페우스는 사랑하는 아내를 그리워하다 저승으로 가서 에우리디케를 구하기로 결심해. 오르페우스는 뛰어난 연주로 저승을 지키는 온갖 신들을 감동시켜서 아내를 풀어 주겠다는 약속을 받아 내. 저승신은 에우리디케가 뒤를 따라갈 테니 절대 뒤돌아보지 말라고 하며 오르페우스에게 앞장서서 가라고 해. 궁금증을 참고 잘 가던 오르페우스는 마지막에 아내가 잘 따라오는지 확인하려고 뒤를 돌아봤고, 에우리디케는 다시 저승으로 끌려가고 말아. 오르페우스는 이를 후회하며 아내를 그리워하다 결국 비참한 최후를 맞지. 안타까운 일이야.】

마지막 낱말은 안타까움이었지만 말투에서는 경멸이 느껴졌다.

【옛날 어떤 스님이 시주를 받으려는데 못된 남자에게 구박을 당해. 그런데 그 집 며느리가 몰래 시주를 챙겨 주자 스님은 며느리에게 마을이 물에 잠길 테니 빨리 빠져나가되 절대 뒤돌아보지 말라고 당부해. 예상했겠지만 며느리는 그 당부를 어기고 뒤를 돌아보고, 결국 돌이 되고 말아. 성경에도 뒤돌아보지 말라는 지시를 어기고 소금기둥이 된 얘기가 있지. 쯧쯧쯧!】

혀 차는 소리가 음산했다.

【판도라 이야기는 잘 알 거야. 제우스가 첫 여자인 판도라에게 선물로 상자를 주고 절대 열면 안 된다고 알려 줘. 판도라는 궁금증을 이기지 못하고 상

자를 열었고, 그 상자 안에서 욕심, 질병과 같은 온갖 나쁜 것들이 빠져나와서 세상이 엉망이 되었어. 어리석은 판도라!】

'어리석은 판도라'라는 말이 '어리석은 한아름'으로 들렸다.

【이쯤이면 알아들었을 거야. 이런 관문에서는 하지 말라는 걸 꼭 어겨서 일이 터져. 아마 너도 그렇게 될 거야. 크크크~! 인간이란 어리석거든. 물론 고양이는 더 어리석고.】

내가 조금 뒤 금지사항을 어겨서 돌이 되거나, 내게 재앙이 일어나리란 음산한 예언 같았다. 입술을 깨물었다. 내가 걸어갈수록 흰빛이 점점 커지고, 어둠이 사라졌다. 눈 가득 흰빛이 들어올 때쯤 갑자기 온갖 물감이 화산처럼 터져 올랐다. 노랑, 파랑, 하늘, 빨강, 자주, 초록, 연두, 주황, 보라, 선홍 등 온갖 빛깔을 머금은 물감들이 한꺼번에 뿜어져서 빈 공간을 뒤덮었다. 노란 물감이 하늘하늘 춤을 추고, 빨간 물감이 헐레벌떡 뜀박질하며, 초록 물감이 휘적휘적 날갯짓을 하고, 파란 물감이 비틀비틀 흐느적거렸다. 검은빛과 잿빛에 움츠러들었던 눈이 화려한 빛깔을 받아들이려고 고양이처럼 커졌다.

【명심해. 뒤돌아보지 마! 절대 열지 마! 건들지 마! 묻지 마!】

무거운 목소리가 마지막으로 음산함을 풍기고는 사라졌다. 그러고는 내 눈앞에서 짙은 안개가 사람 형상을 하며 한 네로 뭉치더니 그림자처럼 내 발에 달라붙었다.

S#38 기묘한 공간

온갖 색깔을 머금은 물감들이 공간을 가르며 춤을 추었고, 물감이 지나가는 공간마다 갖가지 기묘한 무늬가 나타나고, 새로운 빛깔이 태어났다. 아무 소리도 들리지 않았지만 물감들은 움직임을 통해 박자를 만들고 음표를 그려 냈다.ⓐ 물감들이 빚어내는 소리 없는 음악에 맞춰 내 발걸음도 흥을 실어 날랐다. 내가 발을 내딛을 때마다 발자국 둘레로 물감이 크고 작은 방울이 되어 튀어 올랐고, 나는 물웅덩이에서 장난치는 어린아이가 되어 첨벙첨벙 발자국을 찍어 댔다. 흥이 차오른 나는 높이 뛰어올라 두 발을 동시에 물감 웅덩이를 찍었다. 두 발이 동시에 떨어지자 그때까지와 다른 거대한 물감 방울이 만들어지더니, 비누 거품처럼 공간으로 퍼져 나갔다. 물감 방울이 공간으로 퍼져 나가면서 허공에서 춤을 추던 물감들이 일제히 잦아들며 형상을 갖춘 물건들로 차례차례 탈바꿈했다.

문, 상자, 시계, 전등, 화분, 거울, 비석, 우산, 구두, 오토바이, 휴지통, 액자, 의자, 식탁, 철조망, 엽서, 책장, 촛대, 벽, 병, 나침반, 칼, 빗, 조개, 열차, 망치, 도끼, 화장품, 소파, 돋보기, 연필깎이, 색연필, 메모지, 도장, 계단, 유리창, 카메라, 수저, 포크, 장식장, 컵, 접시, 피아노, 장구, 가위, 냄비, 싱크대, 수도꼭지, 변기, 자전거, 자동차 등 헤아릴 수 없는 물건들이 차례차례 형상이 되어 나타났다. 숨을 쉬는 걸 잊어버릴 만큼 잠시 넋이 나갔다. 한없이 넓은 공간에 셀 수 없이 많은 물건

들이 자리를 잡았다. 더는 새로운 물건이 나타나지 않자 그제야 가슴
이 답답해짐을 느끼며 숨을 가늘게 내쉬었다. 그런데 내 숨결에서 아
주 연한 무지개가 피어오르더니 물건들 사이로 퍼져 나갔고, 곧이어
엄청나게 많은 인형이, 온갖 형태와 크기를 한 채 수백 개나 되는 장식
장을 가득 채웠다. 어릴 때부터 많이 봐 왔던 인형도 몇 개 있었지만,
나로서는 상상조차 해 본 적 없는 기묘한 형상을 한 인형들이 엄청 많
았다. 놀라움에 또다시 잠깐 동안 숨을 쉬는 걸 잊었다.

　가슴이 답답해진 뒤에야 가늘게 숨을 내쉬었는데 또다시 연한 무지
개가 피어올랐다. 이번에는 온갖 빛깔을 한 꽃무늬가 하늘을 가득 채
웠다. 숨을 멈춘 채 오른손을 허공으로 뻗었다. 개나리꽃 무늬 하나가
집게손가락 끝으로 딸려 왔다. 손가락 끝에 개나리꽃이 피었다. 왼손을
뻗었다. 진한 진달래꽃 무늬가 짝을 이뤄 새끼손가락과 엄지손가락 끝
으로 딸려 왔다. 진달래 향기가 왼손에서 피어올랐다. 손을 하늘로 뻗
을 때마다 민들레, 벚꽃, 매화, 수선화, 장미, 국화처럼 내가 아는 꽃도
따라왔고, 나로서는 본 적도 없는 꽃들이 내 손에 향기를 남기고 다시
하늘로 올라갔다. 열 손가락에 모두 다른 꽃을 달고 박수를 치니 꽃들
이 화들짝 놀라며 하늘로 달아났고, 하늘을 채운 꽃들은 거센 바람이
분 듯 출렁기렸다. 꽃들이 출렁이는 하늘 사이로 흰빛이 움직였다. 고
양이 형상이었다.

　'아! 이러고 있을 때가 아니지. 미르를 찾아야지'

　나는 재빨리 정신을 차리고 흰빛을 쫓았다. 나는 흰빛을 쫓아가면서

　　　　　　　　　　　　고양이 미르의 자존감 선물

도 장식장을 가득 채운 인형에서 눈을 뗄 수가 없었다. 단 하나도 똑같은 인형이 없었고, 단 하나도 신기하지 않은 인형이 없었다. 그러다 유나히 귀여운 고양이 인형을 발견하고는 그 자리에 우뚝 멈춰 섰다. 그냥 지나치기에는 유혹이 지나치게 강렬했다. 나는 흰빛을 힐끔 확인했다. 흰빛은 계속 같은 곳에 있었고, 나와 떨어진 거리를 가늠하기도 어려웠다. 잠깐 딴짓을 해도 괜찮을 듯했다. 나는 고양이 인형이 있는 장식장으로 다가갔다. 장식장 문을 열고 고양이 인형을 만져 보고 싶었다. 장식장 문에 달린 손잡이로 손을 뻗었다. 손잡이를 잡으려다 손잡이 옆에 작게 쓰인 글씨를 발견하고 깜짝 놀라 서너 걸음이나 물러나고 말았다.

'절대 만지지 마시오!'

S#39 호기심은 죄악이다

'하마터면 내가 판도라가 될 뻔했어!'

가슴을 쓸어내렸다. 마지막 순간에 실수하지 않은 내 자신을 대견해하며 안도하는 숨을 내쉬었다. 내 숨결에서 이번에는 무지개가 아니라 진한 잿빛이 피어올랐다. 잿빛은 아주 빠르게 공간으로 퍼져 나갔고, 하늘에 가득하던 꽃무늬를 밀어냈으며, 바닥에 가득한 온갖 물건을 잿빛 상자로 덮어 버렸다. 잿빛 상자에는 '열지 마시오', '만지지 마시오'란 문구가 일제히 달라붙었다. 장식장 뒤로는 잿빛 벽이 새롭게 생겼고, 장식장마다 '만지지 마시오'란 새빨간 글씨가 새겨졌다. 장식장 뒤로 치솟은 벽에는 불규칙한 간격으로 까만 문이 나타났는데 문마다 손잡이에는 '열지 마시오'란 팻말이 걸렸다. 찬란하던 세상이 갑자기 잿빛 공간으로 뒤덮여 버렸다.

'뒤돌아보지 마! 절대 열지 마! 건들지 마! 묻지 마!'

음산한 목소리가 다시 귀청을 울리는 듯했다.

'너는 판도라가 될 거니?'

난, 판도라가 아니야!

'오르페우스가 되어 저절하게 후회할 거야?'

되돌릴 수 없는 후회 따위는 하기 싫어!!

나는 내 목표에 집중하기로 마음먹었다. 잿빛 공간이라 그런지 흰빛은 유난히 잘 보였다. 나는 하얀 고양이만 잡으면 돼. 나는 결심을 단단

고양이 미르의 자존감 선물

히 하고 흰빛을 향해 걸었다. 오직 흰빛만 보며 발걸음을 재촉했다. 빨리 하얀 고양이를 잡아서 책을 뺏기만 하면 이 모든 상황은 끝날 거라 믿고 나아갔다. 마음에 채찍질을 가하며 걷는데 이상하게도 힘이 점점 빠져나갔다. 걷기는커녕 더는 서 있을 힘도 없었다. 내 의지와 상관없이 몸이 축 처졌다. 쓰러지지 않으려고 벽에 기댔다. 바로 옆에 문손잡이가 있었지만 '잡지 마시오'란 팻말 때문에 잡을 수가 없었다. 나는 그대로 문 앞에 쓰러졌고, 머리가 문에 부딪쳤다. 머리에 부딪친 문은 가볍게 열렸고, 나는 바닥에 쓰러진 채 문 안쪽에 있는 방을 볼 수밖에 없었다.

거울이 잔뜩 달린 방이었다. 거울에 내 모습이 비쳤다. 눈은 초점을 잃었고, 머리카락은 생기가 없었다. 아주 익숙했다. 학교에서, 학원에서 늘 보이는 내 모습이었다. 다른 거울에 다른 내가 보였다. 선생님이 칠판에 쓴 글씨와 그림을 똑같이 그리는 나였다. 받아 적을 게 없으면 뭘 할지 몰라 멍하게 앉아 있는 나였다. 궁금증이 생겨도 묻지 않는 나였다. 내가 언제부터 저렇게 되었을까? 아마 별이가 죽은 뒤부터였을 것이다. 생명과 죽음에 관한 수업을 듣다가 나는 죽은 별이가 떠올라 계속 질문을 던졌다. 한 번 열린 질문은 끝없이 쏟아져서 며칠 동안, 다른 과목 수업에서도 선생님께 계속 질문을 던졌다. 점점 짜증을 내던 선생님은 나를 나무랐지만 궁금증을 풀지 못한 나는 계속 물었고, 마침내 선생님이 막 새로운 직장에 나간 엄마를 다급하게 학교로 호출했다. 엄마는 새 직장에서 일하다 학교로 갑자기 불려 와 선생님께 딸이 이상한 애라는 지적을 수없이 받았겠지만(분명히 그랬을 것이다), 엄마는 내게 '질문할 때 분위기도 봐 가면서 해야 해' 하고 아주 부드러운 말로 바꿔서 이야기했다. 그 뒤로 질문이 피어오를 때마다 나는 눈치가 보였고, 예민한 나는 결국 호기심과 질문을 완전히 접어 버렸다.

바로 옆 거울에 책이 한 권 보였다. 하얀 고양이가 들고 도망쳤던 책이었다. 책이 저절로 펼쳐지더니 책장이 뒤로 넘어가다가 멈췄다. 책에 뭐가 있는지 궁금했다. 보고 싶어서 고개를 들려고 하는데 책이 두둥실 떠올랐다. 책을 따라 시선도 따라갔다. 책이 허공에서 접히며 흰빛이 책을 움켜쥐었다. 틀어진 엄지발가락, 빙그레 웃는 입술과 긴 수염, 바로 내가 쫓던 하얀 고양이 미르였다.

고양이 미르의 자존감 선물

S#40 못된 고양이

미르가 천천히 내게 다가왔다. 미르는 쓰러져 있는 나를 내려다보며 책을 흔들었다.

"궁금하지 않아? 도대체 이게 무슨 책인지……."

미르는 사람 말을 썼다. 아니면 고양이 말로 하는데 내가 사람 말처럼 착각했는지도 모르겠다. 당연히 궁금했다. 나는 대답할 힘도 없어서 눈만 깜빡였다.

"이제까지 살던 대로 살려고 한다면 호기심 따위는 쥐들에게 줘 버려도 돼."

미르 꼬리가 제멋대로 움직였고 미르는 책을 들지 않는 앞발로 꼬리를 잡아 눌렀다.

"고양이는 단 한 순간도 살던 대로 살지 않아. 궁금증이 넘쳐나기에 늘 다른 삶을 살지. 물론 너 같은 사람들 눈에는 고양이가 변화 없이 늘 똑같이 지내는 듯 보이겠지만."

꿈틀거리던 꼬리가 앞발에서 빠져나갔고, 미르는 빙글 돌며 황급히 그 꼬리를 잡았다.

"고양이가 왜 정해진 영역을 벗어나지 않는 줄 알아? 고양이는 좁은 영역에서도 늘 새롭게 지낼 능력이 있기 때문이야. 너 같은 사람들은 늘 다르게 살 기회가 주어지는 환경에서도 늘 똑같다고 지루해하면서 새로움을 발견할 줄 모르지. 모든 게 다르고 늘 새로운데 말이야. 그래서 사람들은 쓸데없이 꿈이니 도전이니 하며 이상한 짓을 자꾸 벌여서 세상을 망가뜨리고, 자신도 망치지. 불쌍하고 어리석은 족속들이야."

속이 소화불량에라도 걸린 듯 더부룩했다. 반박하고 싶었지만 입이 떨어지지 않았다. 오기가 생겼다. 없는 힘을 모조리 끌어모아서 손을 휘저었다. 물론 미르를 잡지는 못했다.

"너는 질문을 품고 살지 않아. 그래서 너는 나를 잡을 수 없어."

미르는 책을 한 발에 들고 산책을 하듯이 여유롭게 거울 방 안을 걸어다녔다. 나는 상체를 일으켰다. 다리에는 여전히 힘이 없었지만, 잡겠다는 의지만은 활활 타올랐다.

"너는 호기심이 없어서 나를 잡을 수 없다니까."

빈정거리면서 나를 깔보던 미르는 나를 훌쩍 뛰어넘어 넓은 공간으로 나아갔다. 그러고는 열지 말라는 문을 마구잡이로 열고, 건드리지 말라는 인형에 마구 손을 대고, 꺼내지 말라는 상자에 앞발을 집어넣어 물건을 마구 꺼냈다. 사방팔방을 다니며 미르는 모든 금지사항을 어겼고, 궁금증을 마음껏 풀었다.

【저런 못된 고양이!】

잿빛 목소리가 짜증을 냈지만 미르를 어쩌지는 못했다. 마음껏 호기심을 쏟아 내던 미르가 불쑥 내 앞으로 다가오더니 내게 물었다.

"고양이는 얼마나 많은 질문을 품고 있을까?"ⓛ

나에게 그 질문은 '너는 얼마나 많은 질문을 품고 있니?'란 뜻으로 들렸다. 나도 궁금했다. 나는 얼마나 많은 질문을 품고 살까? 호기심이라는 씨앗은 내 안에서 다 말라 버린 걸까?

'아니야! 내 안에도 질문이 가득한 판도라 상자가 있어. 열지 말라고? 천만에! 열거야. 열지 않는다면 상자가 무슨 의미가 있겠어. 뒤돌아보지 말라고? 아니야. 뒤돌아볼 거야. 인간은 뒤돌아볼 수밖에 없는 존재야. 궁금한데 왜 참아? 내게도 씨앗은 고양이 못지않게 넘쳐나!'

다리에 힘이 들어왔다. 내가 일어나자 미르가 도망을 쳤다. 나는 빠르게 미르를 뒤쫓았다. 거리가 점점 가까워졌다. 미르는 큰 팻말이 달린 어떤 문을 열고 안으로 도망을 쳤다. 미르가 사라진 문 앞에 섰다. '열지 마시오'란 빨간 글씨가 꿈틀거리며 움직였다. 문손잡이를 잡았다.

【호기심은 죄악을 만드는 씨앗이야! 열지 마!】

발뒤꿈치에 달린 잿빛 그림자가 나를 격하게 말렸지만, 나는 그림자를 무시하고 문을 열었다. 잿빛 그림자가 내 발뒤꿈치에서 떨어지는 걸 느끼며 새로운 공간으로 들어갔다.

|3장|

고양이의 마음

S#41 가면

　적황색 지붕이 불규칙하게 끝없이 늘어선 마을이었다. 도로는 안 보이고 지붕과 지붕 사이로 미로처럼 뻗은 밤색 담벼락만 보였다. 미르가 어디로 갔는지 재빨리 찾았다. 미로처럼 뻗은 담벼락 위로 움직이는 흰 점이 보였다. 나는 담벼락 위로 올라섰다. 고양이가 되는 과제를 수행하면서 담벼락에 올라간 기억을 떠올리며 조심스럽게 발걸음을 내딛었다. 처음에는 빨리 걸을 수 없었지만 익숙해지니 그냥 길을 걸을 때와 다를 바 없었다. 나는 빠른 걸음으로 미르를 뒤쫓았다. 다행히 미르는 뚱뚱한 데다 앞발 하나로 책을 들었기에 내 추격권에서 벗어나지 못했다. 길게 이어지던 추격전은 담장이 이어진 높은 성벽 앞에서 끝났다. 미르가 성벽 사이로 사라져 버렸기 때문이다.

성벽은 이음새가 전혀 보이지 않는 매끈한 밤색이었는데 미르가 사라진 곳에만 까만 사각형이 그려져 있었다. 미르는 그 까만 사각형 안으로 사라져 버렸다. 미르가 사라진 곳을 살펴보았지만 아무런 틈을 발견할 수 없었다. 손으로 만져 보니 단단하긴 했지만, 돌이나 콘크리트는 아니었다. 도대체 미르가 어떻게 단단한 벽 안으로 사라졌는지 어림조차 할 수 없었다. 미르처럼 그냥 뛰어들면 될까 해서 담장부터 달려와서 훌쩍 네모 안으로 뛰었는데 큰 충격만 받고 뒤로 넘어졌다. 성벽에 부딪친 몸을 어루만지며 일어나는데 아주 상냥한 목소리가 들렸다.

《그렇게 하다가 담장 아래로 떨어지기라도 하면 어쩌려고.》

배려심이 물씬 묻어나는 말이었다.

"누구세요?"

《내가 누구인지 알아서 뭐 하려고?》

그렇게 말하니 딱히 대답할 말이 떠오르지 않았다. 흐트러진 머리를 매만지며 소리가 나는 곳을 찾으려고 둘레를 두리번거렸다.

《이거 받아.》

벽에서 푸른 가면이 불쑥 튀어나왔다. 나는 머뭇거리며 조심스럽게 가면을 받았다.

《가면을 쓰고 까만색 네모 안으로 들어오면 돼.》

나는 목소리가 시키는 대로 가면을 쓰고 네모 안으로 손을 밀어넣었다. 손이 네모 벽 안으로 쑥 들어갔다. 벽이 마치 젤리 같았다. 감촉이

징그러워서 얼른 손을 빼냈다.

《안심하고 들어와. 나는 이 안에 있어.》

내 불안을 다독여 주는 편안함에 안심하고 네모 벽 안으로 들어갔다. 벽 안으로 들어가자마자 마주한 것은 커다란 거울이었다. 분명히 가면을 썼는데 거울에는 가면이 보이지 않았다. 나는 얼른 얼굴을 만졌다. 분명히 가면이 있었다. 그러나 거울에는 가면이 보이지 않고 아주 맑게 웃는 내 얼굴만 보였다. 거울 속 내 얼굴은 그 어느 때보다 밝고 환했다. 나는 웃지 않는데도 거울 속 내 얼굴은 옅은 웃음기를 머금었다. 내 입술을 손으로 만져 봤다. 분명히 가면이 느껴졌다. 감촉이 피부처럼 부드럽기는 했지만 분명히 가면이었다. 나는 일부러 입을 크게 벌려 보았다. 거울 속 내 입도 따라서 벌어졌다. 그렇지만 그 크기는 내 감각과는 달랐다. 나는 아주 크게 벌렸다고 생각했는데 거울 속 입은 내 감각보다 훨씬 좁게 벌어졌고, 벌린 상태에서도 웃음을 잃지 않았다. 괴상한 가면이었다. 가면을 벗고 싶었다.

《벗지 마. 여기서는 그 가면을 써야 해.》

다정한 웃음을 머금은 표정이 거울 속 내 얼굴 옆에 나타났다. 다시 마음이 차분해졌다. 나는 자연스럽게 목소리가 들리는 쪽으로 몸을 돌렸고, 거울과 똑같은 표정을 마주했다. 상냥한 말로 인사를 하려다 가면 밖으로 드러난 몸을 보고, 징그러워서 주춤주춤 뒤로 물러났다.

고양이 미르의 자존감 선물

S#42 상아색 방

가면을 빼고는 모조리 흉측했다. 묘사하기가 겁날 만큼 징그러운 외모였다. 프랑켄슈타인조차 이 괴물에 견주면 귀여워 보일 듯했다. 나도 모르게 뒤로 물러나는데 아주 부드러운 목소리가 내 발을 붙들었다. 흉측한 외모와 상반되는 목소리에 어떤 태도를 취해야 할지 갈피를 잡을 수 없었다. 그러다 거울 속에 비친 나를 보았다. 내 마음은 어찌할 바를 모르는데 가면을 쓴 내 얼굴은 그 어느 때보다 상냥하고 친절해 보였다. 초면인 사람을 어떤 표정으로 대해야 하는지를 보여 주는 모범답안이었다. 내 표정이 더할 나위 없이 적절했기에 나는 조금 안심을 했고, 더는 뒤로 물러나지 않았다.

《하얀 고양이를 뒤쫓아 왔지?》

나는 고개를 끄덕였다. 적절한 태도는 아니었지만, 가면으로 만든 표정만은 아주 적절했다.

《조금 전에 저 문으로 들어갔어.》

괴물은 수많은 촉수가 달린 팔 하나(?)를 뻗어서 한쪽 방향을 가리켰다. 촉수가 가리키는 쪽을 보니 밤색 벽 가운데에 상아색 문이 보였다.

《따라와. 내가 안내해 줄 테니.》

괴물은 앞장서서 걸었고 나는 일정한 거리를 두고 조심스럽게 따라갔다. 문을 향해 가는 도중에 괴물은 붉은 천으로 징그러운 몸 전체를 감쌌다. 천은 뒤틀리더니 사람과 같은 형태로 바뀌었다. 겉으로 보기에 괴물은 상냥한 웃음을 머금은 평범한 사람으로 보였다. 상아색 문 앞에서 옷 밖으로 손거울을 든 손이 튀어나왔다. 손거울을 든 손은 여전히 징그러웠다. 괴물은 손거울에 가면을 비춰 보더니 재빨리 가면을 바꿔 썼다. 가면을 바꿔 쓴 괴물은 손거울로 가면을 세심하게 살피더니 손거울을 든 손을 옷 속으로 감추었다. 새로운 가면을 쓴 괴물에게서 교장 선생님과 같은 거만함이 물씬 풍겼다.

괴물을 따라 들어간 곳은 아주 큰 방이었다. 바닥과 벽과 천장이 온통 상앗빛이었다. 들어올 문을 닫으니 문이 벽과 구별이 되지 않았다. 촛불도 전구도 없는데 상앗빛으로 실내가 환했다. 벽에는 엇비슷한 분위기를 풍기는 그림이 일정한 간격으로 걸려 있었는데, 밤색 바탕에 까만 테두리를 한 그림, 어두운 밤색에 가로로 까맣고 굵은 줄이 난 그림, 아침 해가 뜨기 한 시간쯤 전에 바라본 새벽하늘 같은 그림, 초저녁에 별빛에 의지해서 보는 깊은 바다를 닮은 그림 등이 상아빛과 대조를 이루며 오묘한 감성을 불러일으켰다.ⓒ 그림은 아주 컸는데 세로는 내 키보다 높고, 가로는 두 팔을 활짝 폈을 때보다 넓었다.

방 가운데는 역시 상아색인 큰 식탁이 자리했는데, 의자가 열두 개였다. 의자 가운데 열 곳에는 이미 다른 사람이 앉아서 맛있게 식사를 즐기고 있었고, 괴물은 빈 의자에 앉더니 나에게도 앉으라고 권했다. 다른 선택을 할 여지가 없어서 의자에 앉았다. 괴물은 앞에 놓인 음식을 맛있게 먹으며, 다른 사람들과 대화를 나눴다. 나는 아무것도 먹지 않은 채 가만히 앉아서 오가는 대화를 듣기만 했는데, 듣고 있기 힘들

고양이 미르의 자존감 선물

었다. 대화에서 허세와 허풍, 위선과 자만이 넘쳐나서 헛구역질이 나려고 했다. 그들은 모두가 계속 가면을 바꿔 쓰면서 헛된 대화만 주고받았다. 그러다 의자에 앉은 모든 이들이 내가 만난 괴물과 엇비슷한 존재들임을 깨달았다. 얼른 다른 곳으로 도망치고 싶었지만, 어디로 가야 할지 몰라서 그대로 있었다.

배도 고프지 않고 끌리는 음식도 없어서 음식에는 손도 대지 않았는데, 괴물이 자꾸 내게 음식을 권했다. 처음에는 거절하다가 친절한 웃음에 이끌려 마지못해 아주 조금 맛을 보았다. 평범한 맛이었다. 더 먹고 싶지 않았다. 그런데 괴물들이 서로 경쟁하며 점점 빨리 먹는 모습을 보고 나도 모르게 음식으로 손이 갔다. 어느 순간 나도 괴물들처럼 음식을 먹고 있었다.

S#43 끝없는 식욕

손은 쉴 새 없이 음식을 입으로 욱여넣었고, 입과 위장은 끝없이 음식을 원했다. 아무리 먹어도 배가 차지 않았다. 도대체 그 많은 음식들이 다 어디로 가는지 모르겠다. 내 마음 한 귀퉁이에서는 멈추라는 명령이 내려지고, 다른 쪽에서는 끝없는 욕망이 일어나며 식욕을 자극했다. 그만 먹어, 배가 고프지도 맛있지도 않잖아. 이제 많이 먹었어. 먹는다고 식욕이 해결되지는 않아! 아니 계속 먹어. 지금 멈추면 다른 놈들이 다 먹어 버릴 거야. 질 수 없잖아. 빼앗기면 안 돼! 그래, 빼앗길 수 없어. 내가 가장 많이 먹을 거야. 경쟁심이 일어나며 더 빨리, 더 많이 먹었다. 그래도 식욕은 줄지 않았다. 먹어야 할 음식은 끝없이 늘어났고, 먹으면 먹을수록 도리어 허기가 심해졌다. 새로운 음식이 담긴 접시를 끌어당기다가 맞은편 그림에 비친 내가 보였다. 입으로 음식을 씹으면서 그림에 비친 나를 보았다. 탐욕스럽게 먹어 대면서도 얼굴은 한없이 겸손하고 착해 보였다. 가면이 내 탐욕을 완벽하게 가려 주었다. 나뿐 아니라 다른 괴물들도 마찬가지였다.

나는 계속 먹으면서도 그림에 비친 내 모습에서 눈을 떼지 못했다. 내가 미웠다. 식욕을 절제하지 못하는 내가 미웠다. 멈춰야 하는 걸 알면서도 멈추지 못하는 내가 실망스러웠다. 그때 탐욕스럽게 먹는 내 모습 위로 박서준이 흐릿하게 나타났다. 박서준은 박서준답게 늘 손을 들고 먼저 대답을 했고, 수행 모둠을 주도했고, 동아리를 이끌었고, 성

고양이 미르의 자존감 선물

적은 탁월했다. 박서준이 흐릿해지면서 2학년 같은 반 친구들이 나타났다. 그림 속으로 대화가 흘렀다.

💬 박서준, 정말 재수 없지 않냐?

💬 너무 나대! 자기가 뭐든 다 잘하고, 대장인 줄 알아.

💬 재수 없지만 똑똑한 건 인정!

💬 어지간해야지. 모든 걸 다 자기 뜻대로 하려고 하잖아.

💬 그래서 선생님이 우리는 안 시키잖아. 그럼 됐지 뭘 그래. 너도 솔직히 부럽지 않냐?

💬 부럽긴 하지. 나도 걔처럼 공부 잘하면 선생님들도 아껴 줄 테고,

💬 박서준 엄마가 성적표 나오면 이곳저곳에 전화해서 1등 했다고 자랑하는 거 알지?

💬 알아. 우리 엄마가 서준이 엄마랑 친한데, 지난번에도 전화 받고는 괜히 나를 구박하는 거 있지. 방에 처박혀서 공부하는 척이라도 안 하면 쫓겨날 거 같다니까.

💬 과학 문제집을 그 전에는 다섯 권 풀었는데, 저번 시험에서 한 문제 틀렸다고 박서준 엄마가 과학 문제집만 열 권을 풀게 했대.

💬 와~! 걔 엄마 지독하다!

💬 영재고 간대잖아. 과학고는 시시하대나 뭐래나.

💬 과학고가 시시해? 미치겠네. 정말!

내가 뭐 때문에 과학고를 가야겠다고 마음먹었는지 기억이 났다. 바로 저 대화를 듣고 나서였다. 박서준을 이기고 싶다는 마음은 없었다. 어차피 박서준은 내가 넘을 수 없는 벽이기 때문이다. 그 대신 나도 저런 대화에 화제가 되고 싶었다. 세상 사람들이 원하는 모습이 되고 싶었다. 반 친구들은 욕하면서도 속으로는 부러워했는데, 나도 질투를 받고 싶었다. 박서준과 같은 수준이 될 수 없다는 걸 알면서도 그러고 싶었다. 그때부터 나를 채찍질했다. 채찍질하면 할수록 박서준처럼 되어야겠다는 욕망이 강렬해졌다. 몸이 망가지는 걸 감수하면서까지 나를 다그쳤다. 기억이 떠오르자 음식 먹는 속도가 더 빨라졌다. 더 빨리 먹어야 한다. 더 많이 먹어야 한다. 그래야 박서준처럼 질투를 받는 사람이 될 수 있다. 그때 '쨍그랑!' 하며 그릇 깨지는 소리가 들렸고, 음식을 씹던 입이 멈추었다.

S#44 참된 욕망

미르가 접시를 집어던진 소리였다. 음식을 허겁지겁 먹던 괴물들도
모두 동작을 멈췄다. 미르는 빙그레 웃더니 다시 접시를 집어던졌고,
상아색 바닥에 떨어진 접시는 산산조각이 났다. 괴물들 가면이 말썽쟁
이를 달래는 표정으로 일제히 바뀌었다. 그러거나 말거나 미르는 음식
이 든 접시를 계속 집어던졌고, 그릇 깨지는 소리는 식욕을 멈춰 세웠다.

"왜 먹는 줄은 알고 먹는 거야?"

미르가 나를 똑바로 보고 물었다. 미르 눈빛에 섬광이 일었다. 나는
손에 든 음식을 내려놓았다. 이미 입에 들어와 있던 음식은 삼킬 수도,
뱉을 수도 없었다.

"*고양이는 자기 욕망을 욕망하지만, 사람은 타인이 욕망하는 것을
욕망하는 법이지.*"ⓔ

미르가 한 말이 내 속을 뒤집어 놓았다. 그 말은 '내가 그렇게 간절
히 바라는 욕망이 과연 참된 내 욕망이냐?' 하고 묻는 듯했다. 남이 욕
망하는 걸 미친 듯이 욕망하는 내가 바보 같았다. 속이 뒤틀렸다. 내 앞
에 놓인 그릇이 손나윤이 두고 간 식판으로 보였다. 구토가 올라왔다.
더는 참을 수 없었다. 입에 머금고 있던 음식을 손나윤이 두고 간 식판
에 뱉어 버렸다.

식판 위에 더럽게 놓인 토사물이 꼭 나 같았다. 내가 정말 무엇을 원
하는지도 모르고, 그저 부러워서, 잘난 척하고 싶어서, 질투를 받고 싶

어서, 그럴듯해 보이는 가면을 얻으려고 미친 듯이 달려온 내가 한심했다. 내가 공부를 하면 할수록 허전하고, 노력하면 노력할수록 갈증이 심해지는 이유를 알 듯했다. 나는 어느 순간부터 눈치를 보고 살았다. 내 욕망보다 다른 사람 눈치가 나를 좌우해 버렸다. 나는 내 눈으로 나를 볼 줄 모르고 오직 다른 사람 눈으로 나를 보고 살았다.

미르가 펄쩍 뛰어오르더니 식탁을 가로질러 내 맞은편 그림으로 뛰어들었다. 그림으로 들어간 미르는 나를 정면으로 응시하더니 내가 찾는 책을 들어 보였다. 그러고는 책을 펼쳐서 혼자 보는 시늉을 했다. 못된 고양이 같으니라고!

나는 벌떡 일어났다. 그러고는 가면을 벗어 던져 버렸다. 옆에 앉아 있던 괴물이 내 팔을 움켜잡았다.

《가지 마! 여기서는 네가 원하는 게 무엇이든 다 들어줄게. 음식을 먹기 싫어? 그러면 다른 걸 줄게. 뭘 원해? 원하는 걸 말해.》

그렇게 나를 위하는 말은 일찍이 들어본 적이 없었다. 표정은 한 없이 온화했고, 목소리는 내 아픔까지 다독여 줄 듯했다. 그렇지만 나는 저 가면 뒤에 숨은 괴물을 안다.

"너는 내 욕망을 채워 줄 수 없어. 나는 미르가 들고 있는 책을 원해."

나는 괴물을 뿌리치고 미르가 들어간 그림으로 다가갔다. 미르가 가져간 책이 뭔지는 모른다. 그 책을 얻는 게 내가 주어진 열째 과제이지만, 그 책을 얻는다고 내가 정말 고양이가 될 수 있는지는 모른다. 지금

고양이 미르의 자존감 선물

이 상황이 꿈인지 현실인지도 모른다. 어쩌면 내 정신이 망가져서 망상에 빠져 버렸는지도 모른다. 확실하게 아는 것은 없지만 어쨌든 지금 나는 그 책이 궁금하고, 그 책을 얻겠다는 욕망은 진짜 내 욕망이다.

그림에 손을 대니 그림 안으로 빨려들었다. 부드러운 감촉이 손목을 휘감았다. 괴물이 애처로운 표정을 하고 내 손목을 잡았다. 하마터면 그 표정에 마음이 흔들릴 뻔했다. 마음을 다잡고 가면을 쓴 괴물을 똑바로 쳐다보았다. 문득 자기를 철저히 감추고, 남들 눈에 그럴듯해 보이는 표정과 목소리를 지어내는 괴물이 안쓰러웠다. 그 감정을 그대로 실어서 물었다.

"너는 네가 누구인지 아니?"

괴물은 답을 못 했다. 괴물이 쓴 가면에 금이 가는 것을 보면서 나는 그림 속으로 들어갔다.

고양이가 되려면 고양이답게

S#45 똑같이 따라 해

또다시 괴물인 줄 알았다. 앙상한 외모는 괴물을 떠올리게 했지만 괴물은 아니었다. 뼈에 푸석한 살을 뒤집어쓴 듯한 외모에 구부정하게 앉아 캔버스에 붓질을 하는 꼴이 몹시 기괴했다. 무엇을 그리는지 가까이 다가가서 살폈다. 까만 선이 하얀 캔버스 위에서 단순하면서도 복잡하게 얽히며 뻗어 나가는 그림이었다. 내 취향은 아니었지만 꽤나 독특하고 눈길을 잡아끌었다. 삐쩍 마른 사람은 그림을 그리면서 자꾸 앞쪽을 살폈다. 그림을 살필 때는 몸을 심하게 떨기도 했다. 도대체 무엇을 보는지 궁금해서 나도 같은 쪽으로 시선을 돌렸다. 삐쩍 마른 사람이 따라 그리는 대상이 보였다.

삐쩍 마른 사람이 그리는 대상은 가만히 있지 않았다. 굵기와 움직임과 빠르기가 서로 다른 검은 선이 움직임과 쉼을 반복했다. 굵고 진한 검은 선이 앞으로 쭉 뻗더니 위로 치솟고, 예고 없이 꺾여서 왼편으로 가다가 구부정하게 휘몰아쳤다. 잠시 머물던 선은 얇은 옷으로 갈아입고 자유롭게 뻗어 나가다가 멈췄다 싶더니 다시 힘차게 직선으로 달리다가 한 바퀴 돌고는 다시 아래로 위로 옆으로 몸을 흔들었다. 검은 움직임은 거대한 흰 공간에 흔적을 남겼다.[ⓘ] 삐쩍 마른 사람은 복잡한 움직임을 그대로 옮기려고 온 힘을 다 쥐어짰다. 워낙 예측하기 힘든 움직임이어서 그대로 그리기가 만만치 않아 보였다. 삐쩍 마른 사람은 그림에 모든 에너지를 쏟아부어서 저런 몸이 된 게 아닌가 싶었다. 마침내 공간을 움직이던 선이 멈추고, 삐쩍 마른 사람도 따라 그리기를 멈췄다. 삐쩍 마른 사람은 자신이 그린 그림과 공간에 펼쳐진 움직임을 계속해서 견주며 조금이라도 잘못 그린 곳이 있는지를 살폈다.

〖또 실패야! 이곳이 덜 꺾였어. 여기만 제대로 따라 했어도 됐는데. 이, 멍청이!〗

삐쩍 마른 사람은 절망에 가득 찬 자책을 쏟아 냈다.

"내가 보기엔… 괜찮은데……."

워낙 자책이 심해서 위로를 하기가 부담스러웠지만, 차마 외면할 수 없어서 위로하는 말을 건넸다. 내가 위로하자 삐쩍 마른 사람은 상체를 벌떡 일으켰다.

〖정말? 정말이야? 내 그림이 저거랑 똑같아?〗

삐쩍 마른 사람과 눈이 마주쳤다. 눈알이 중심을 잡지 못하고 흔들렸다. 나와 눈을 마주치지 못했다. 상체를 세웠지만 어깨는 여전히 구부정하고, 심지어 조금 떨기까지 했다. 영문을 알 수 없는 사람이었다.

"그게… 똑같지는 않은데…….”

뒤이어 '나 같은 사람은 절대 흉내도 내지 못할 만큼 잘 그린 그림'이라고 칭찬했지만 삐쩍 마른 사람은 '똑같지 않다'는 말에 이미 절망을 했는지 내 칭찬 따위는 듣지도 않고, 또다시 스스로를 책망하는 말을 중얼거렸다.

"네가 그린 그림도 훌륭한데, 왜 똑같이 그리려고만 하는 거야?"

『그래야 여기를 벗어날 수 있으니까.』

그때 빈 공간을 채웠던 검은 선들이 사라지고 하얗게 변했다. 삐쩍 마른 사람은 자신이 그린 캔버스를 멀리 던져 버리고 새로운 캔버스에 그림을 그릴 준비를 했다.

『너도 여기서 빠져나가려면 저 그림을 똑같이 그려야 해.』

나는 그림 솜씨가 엉망이다. 내 남은 인생 전체를 쏟아붓는다 해도 삐쩍 마른 사람이 그리는 수준에도 이르지 못할 것이다. 나는 혹시 미르가 없나 주변을 살폈는데, 삐쩍 마른 사람이 하는 말을 듣고 절망에 빠지고 말았다.

『미르는 이미 여기를 빠져나갔어. 여기서 나가려면 그림을 그리는 방법밖에 없어.』

고양이 미르의 자존감 선물

S#46 나는 잘 못해

"다른 방법은 없어?"

〖다른 방법은 없어.〗

"미르는 조금 전에 들어왔는데 어떻게 그렇게 빨리 지나갔어?"

〖그건 나도 몰라. 나도 알면 좋겠어. 내가 아는 방법은 그림을 똑같이 따라 그려야 한다는 것뿐이야.〗

"나는 미술을 잘하지 못하는데……."

〖처음에는 다 그래. 하다 보면 실력이 늘 거야.〗

"어릴 때 미술 학원 다니다 그만두었어. 아무리 잘 그리려고 해도 안 됐는데……."

〖노력을 안 했겠지. 노력해서 안 되는 건 없어.〗

'너도 아직 통과 못 했잖아' 하고 말해 주려다 참았다. 어쨌든 지금 내게 도움을 줄 수 있는 유일한 사람이니 심기를 건드려서 좋을 게 없었다.

"나한테는 그림 그릴 도구도 없는데……."

내 말이 끝나자마자 삼각대와 캔버스와 같은 그림 도구가 내 앞에 나타났다.

〖붓을 잡고 그냥 그리면 돼. 붓에서 저절로 색이 나올 거야. 명심해! 이 칙칙한 곳에서 벗어나려면 똑같이 그려! 이곳에서 벗어나기만 하면 밖은 찬란할 거야. 여기만 벗어나면 더는 흉내를 내는 그림을 그리지 않아도 돼. 그때부

터 마음대로 지낼 수 있을 거야. 이것만 잘 해내면 돼. 이것만!』

내게 말을 하는지 스스로에게 말을 하는지 헷갈렸다.

마지못해 의자에 앉았다. 붓을 쥐었다. 캔버스가 넘어갈 수 없는 거대한 성벽처럼 보였다. 허공에 까만 점이 나타났다. 다른 방법이 없다면 따라 그릴 수밖에 없었다. 내 손은 허공에 나타나는 검은빛을 따라 움직였다. 붓에서 저절로 색이 나와 캔버스에 검은 줄이 그려졌다. 똑같이 그리려 했지만 조금도 똑같지 않았다. 삐쩍 마른 사람은 거의 비슷하게라도 그리지만 나는 아예 달랐다. 막막했다.

『이 정도밖에 못 해? 이렇게 다르게 그리면 어쩌라는 거야? 보이는 대로 그리라고.』

삐쩍 마른 사람이 내 그림을 보더니 막무가내로 나무랐다. 내가 그린 캔버스를 던져 버렸다. 다시 새로운 캔버스가 나타났다. 최선을 다해 그렸지만 엉망이었고, 또다시 지적을 당했다. 같은 일이 거듭되었다. 점점 어깨가 구부정해지고 자신감이 사라지고 주눅이 들었다. 그러면서도 오기가 생겼다. 이를 악물고 그렸다.

『굵기는 그렇다 해도 각도는 얼추 흉내라도 내야지 않겠어?』

다시 그렸다. 각도라도 똑같게 하려고 온 에너지를 쏟아부었다. 그래도 결과는 엉망이었다.

『너는 나보다 아래야! 크크크!』

삐쩍 마른 사람이 나를 깔보며 즐거워했다. 어차피 자신도 제대로 따라 그리지 못해 빠져나가지 못하면서 나를 깔보았다. 물론 나보다는 훨씬, 견줄 수 없을 만큼 잘 그리지만 말이다. 한편으로는 질투가 나고, 한편으로는 경멸하고 싶었다. 삐쩍 마른 사람을 어떻게 대해야 할지 갈피를 잡지 못했다. 다시 하얀 캔버스가 주어졌다. 결과는 뻔하지만 그림을 그리려고 붓을 움켜잡았다. 하얀 캔버스를 멍하니 보았다. 삐쩍 마른 외모를 트집 잡아 삐쩍 마른 사람을 비난하고 싶었다. 국어 학원에서 잘난 척하는 이성민이 보였다. 수학 학원에서 이성민을 무시하는 내가 보였다. 등수를 확인하고 이민권에게 잘난 척하는 내가 보였다. 박서준을 부러워하는 내가 보였다. 내가 안쓰러웠다. 조금이라도 위에 서려고 몸부림치는 내가 불쌍했다.

S#47 불덩이

허공에 까만 점이 움직였다. 삐쩍 마른 사람은 똑같이 그리려고 무진장 애를 쓰며 캔버스에 매달렸다. 삐쩍 마른 사람이 불쌍했다. 나보다 잘 그리긴 했지만, 똑같이 그려 내기는 불가능할 것이다. 허공에 펼쳐지는 그림은 똑같이 그리기에는 지나치게 자유분방했다. 카메라로 찍지 않는 한 똑같은 그림을 만들어 낼 수는 없었다. 결과가 뻔한데도 삐쩍 마른 사람은 얼마 남지도 않은 에너지를 모두 쏟아 내며 그림을 따라 그렸다. 당연히 이번에도 실패할 것이다. 그러고는 자신이 나보다 잘 그렸다면서 나를 무시할 것이다. 그러고 보니 삐쩍 마른 사람은 바로 나였다. 내 과거고, 내 현재고, 내 미래였다.

붓을 쥔 손에 힘이 빠졌다. 나는 왜 이렇게 앙상한 사람이 되었을까? 내 삶에는 자존감 낮은 청소년이라고 하면 뻔하게 등장하는 문제 부모는 없는데 말이다. 아빠는 자상하고, 집안일에도 꽤나 충실하셔서 요리도 종종 하고, 청소와 설거지도 하신다. 엄마는 나에게 공부보다 책읽기와 예의가 더 중요하다고 늘 강조한다. 그래서 성적이 떨어지거나 숙제를 못 하는 것은 아무 소리 안 하지만, 책을 안 읽거나 해야 할 집안일을 안 하면 야단을 친다. 동생은 자기 몫을 꼭 챙기는 얌체지만 나쁜 애는 아니다. 이 정도 환경이면 행복한 가정에서 컸다고 부러움을 잔뜩 받을 만하다. 학교생활을 하면서 따돌림을 당하지도 않았고, 특별히 나쁜 일을 겪지도 않았다. 나는 사교성이 뛰어나지는 않지만 나름 친한 친구도 있다. 그럼 도대체 나는 뭐가 문제일까? 왜 나는 과민대장증후군을 비롯해 온갖 병에 걸렸을까? 왜 나는 남들 위에 서지 못하면 자존감이 무너지는, 속이 삐쩍 마른 인간이 되었을까?

이유를 아무리 떠올려 봐도 별이가 죽은 것밖에 없다. 별이가 죽기 전에 나에게는 별이가 가장 좋은 친구였다. 별이만 있으면 다 괜찮았다. 속상하면 별이에게 털어놓고, 별이를 껴안고 한두 시간 뒹굴면 마음이 편안했다. 별이가 떠난 뒤, 엄마는 직장에 다시 다녔고, 나는 친구 관계에 집중했다. 따돌림을 당하지는 않았지만 친구 사이에서 그 또래라면 겪을 만한 이런저런 일을 겪었다. 별이가 있을 때도 겪은 일이었지만 응어리를 풀 곳이 없었다. 선생님들이 애들을 대하는 분위기에서도 압박을 받았다. 공부를 잘해야 사랑을 받았다. 어른들에게서 '공부를 잘해야 한다', '돈을 많이 벌어야 한다'는 말을 숱하게 들었다. 또래들에게도 '건물주가 될 거야', '공무원이나 선생님이 되어서 편하게 살아야지'와 같은 말을 반복해서 들었다. 그런 말들이 내 안에 쌓이고 쌓이면서 그런 말들이 어느덧 내 신념이 되었다.

세상은 늘 완벽한 사람을 원하지만, 나는 늘 모자란 사람이었다. 아니다. 나는 지극히 평범했다. 다만 세상이 원하는 인간형에 견주었을 때만 모자란 인간이었다. 어쩌면 바로 그것이 나를 한없는 나락으로 밀어 넣었는지도 모른다. 엄마와 아빠는 나를 사랑하니까 나를 좋게 대해 주고, 내가 뭐든 잘한다고 칭찬하지만, 세상은 냉혹한 전쟁터임을 어린 나이부터 나는 알았다. 나뿐 아니다. 늘 활달하고 공부와는 담을 쌓고 지내는 채경이도 안다. 시험공부도 안 하고 신나게 노는 채경이도 언뜻언뜻 불안을 내비친다. 다만 나처럼 그 불안을 길게 끌고 가지 않을 뿐이다. 채경이는 애써 무시하지만, 나는 무시할 수가 없다. 미래가 불안하다. 엄마와 아빠가 부지런히 일하시지만 언제까지 나를 돌봐 줄 수 없을 테고, 나이가 들면 내가 모셔야 될 텐데, 아영이는 믿을 수 없다. 나밖에 없는데 내 능력으로 두 분을 모실 자신이 없다. 내 몸 하나 건사하기도 벅차다.

허공에서 움직이는 까만 선이 검붉은 불덩이로 보인다. 곳곳에서 뜨거운 불덩이가 튀어 오르는 세상 같았다. 불덩이를 견디려면 철갑을 둘러야 하는데, 내 몸에는 연한 살갗뿐이다. 불덩이에 살갗이 말라붙는다. 곧 내 살갗이 삐쩍 말라 버릴 것 같다.

고양이 미르의 자존감 선물

S#48 고양이다움

흰빛이 움직였다. 흰빛이 배경인 줄만 알았는데, 아니었다. 흰빛 안에 흰빛이 있었다. 이제야 알아채다니, 머리를 쥐어박았다. 흰빛 안에 움직이는 흰빛은 미르였다. 왜 저렇게 커졌는지 모르겠지만 미르가 확실했다. 미르가 붓을 들고 그리는 그림이 허공에 나타난 것이었다. 미르는 자유분방하게 선을 표현했고, 삐쩍 마른 사람은 미르가 마구잡이로 그려 내는 붓질을 똑같이 따라 하려고 애쓴 것이었다. 저 자유로움을 흉내 내려고 하다니, 어리석었다. 나조차 그 어리석은 짓을 하며 나 스스로를 못났다고 깎아내렸던 것이다.

삐쩍 마른 사람이 알려 준 방법은 아무래도 틀린 듯했다. 빠져나갈 새로운 방법을 찾아야 했다. 앞선 두 곳에서 빠져나왔던 방법을 떠올렸다. 두 곳에서 공통으로 적용됐던 원리가 무엇인지 따져 봤다. 그것은 고양이다움이었다.

고양이는 호기심이 많고, 솔직하다. 궁금하면 묻고 파헤친다. 가면으로 자기 속을 가리지 않는다. 고양이는 자신이 무엇을 원하는지 안다. 고양이는 다른 이들이 어떻게 볼지 걱정하지 않는다. 고양이는 실수를 해도 실수를 곱씹으며 괴로워하지 않으며, 옛일에 얽매이지 않고 늘 새로움을 찾아 몰두한다. 고양이는 자기 자신이 원하는 즐거움에만 집중한다.

미르가 그리는 그림을 봤다. 저 그림이야말로 고양이다움이다. 따라 하기는 고양이다움이 아니다. 질투는 고양이다움에 없다. 괴로움은 고양이다움이 아니다. 얽매임은 고양이다움이 아니다. 고양이는 자유분방하다. 저 그림도 고양이답게 자유분방하다. 그림은 미르처럼 자유롭게 그려야 한다. 아니, 미르처럼도 아니다. 그냥 내 마음이 가는 대로 그려야 한다.

나는 내 마음을 가만히 들여다봤다. 참 오랜만에 내 마음을 살폈다. 내 마음이 가고자 하는 길이 무엇인지 섬세하게 살폈다. 아주 느릿한 감정이 흘렀다. 그 흐름을 손에 옮겼다. 붓이 마음이 가는 대로 흐르도록 내버려두었다. 붓과 마음이 하나가 되어 움직였다.

《무슨 짓이야? 완전히 다른 그림이잖아!》

삐쩍 마른 사람이 나를 비난했다. '비난하라지 뭐!'

《그림을 그따위로 마구 그리면 안 돼!》

삐쩍 마른 사람은 내 그림을 찢어 버릴 듯이 달려들었다. '그건 네 생각이고. 나는 내 마음이 가는 길로 갈 거야'

불쑥, 캔버스 위로 미르 얼굴이 나타났다.

"이제 좀 고양이다워졌네."

미르는 콧수염을 어루만지며 빙그레 웃었다.

"정신 작업은 가장 순수한 기쁨이고, 개인이 누리는 자유는 가장 소중한 재산이지."⒝

미르가 한 말이 무슨 뜻인지 얼추 헤아릴 만했다. 나는 조용히 캔버스에 담긴 내 내면을 들여다봤다. 오랫동안 쌓였던 깊은 아픔이 구석

고양이 미르의 자존감 선물

구석에서 흘러나왔다. 별이와 껴안고 뒹군 뒤에 맛보았던 편안함이 오랜만에 찾아왔다. 캔버스가 쭉 넓어지더니 내가 그린 선이 굵은 길이 되어 내 앞에 펼쳐졌다. 그와 동시에 내 몸에 낯선 감각이 생겨났다. 귀가 밝아지고, 코가 예민해지고, 눈이 더 밝아졌다. 머리와 코와 등과 꼬리뼈 쪽에서 묘한 꿈틀거림이 일어났다. 내 몸에서 어떤 변화가 일어나는지 확인하기도 전에 강렬한 냄새가 나를 끌어당겼다. 미르였다! 미르에게서 나는 냄새가 분명했다. 미르가 있는 방향이 뚜렷하게 잡혔다. 몸이 고양이처럼 앞으로 숙여지며 네 발로 검은 선을 밟았다. 나는 검은 선 위를 뛰었다. 곧이어 미르가 보였다. 미르보다 내가 더 빨랐다. 뚱뚱한 미르는 내 추격을 뿌리치기엔 역부족이었다. 미르를 앞발로 움켜잡으려는 순간, 갑자기 검은 선이 사라졌다. 미르도, 나도 깊은 절벽 아래로 떨어졌다.

너는 고양이가 되고 싶니?

| 1장 |

전혀 다른 선택

S#49 기시감

소시지볶음은 깨끗하게 먹었는데 달걀말이와 밥은 반을 남겼다. 깍두기와 시금치국은 처음 배식을 받은 그대로였다. 손나윤은 젓가락으로 식판에 놓인 음식을 뒤적거리더니 젓가락을 세게 내려놓았다.

"더럽게 맛없네."

손나윤이 거칠게 일어났고, 의자가 바닥에 긁히며 날카로운 소리가 났다. 식판을 잡던 손이 멈칫하더니 눈이 나와 마주쳤다. 손나윤은 수저로 식판을 툭툭 치더니, 나를 향해 고개를 까닥했다. 그러고는 뒤로 밀린 의자뿐 아니라 식판도 그대로 두고 가려고 했다. 이상한 느낌이 들었다. 익숙한 장면이었다. 이 일을 겪어 본 듯한 느낌이 들었다. 아마… 착각이겠지…?

"손나윤!"

나는 손나윤을 불러 세웠다.

"식판을 두고 그대로 가면 어떡해?"

나는 최대한 친절하게 말했다.

"네가 치워."

손나윤은 턱을 까딱하며 재수 없게 말했다.

"네가 먹었으니 네가 치워야지."

나는 친절을 잃지 않았다.

"넌, 햇살 봉사단이잖아. 봉사단이면 봉사단답게 봉사해야지."

봉사라는 낱말이 중추신경을 건드렸다. 기분이 확 나빠지려고 했다. 내가 싫어하는 봉사라는 말을 한꺼번에 네 번이나 쓰는 훌륭한 재주에 뺨을 다독이며 칭찬이라도 해 주고 싶었다.

"급식 봉사에 식판 치우기는 없어."

나는 친절하고 조용하게 말한다고 했지만 목소리가 너무 컸는지 많은 시선이 나에게 쏟아졌다. 또다시 기시감이 들었다. 전에는 이때 어떤 감정이 들었더라? 상황은 익숙한데 감정은 익숙하지가 않았다.

"급식 봉사한다면서 우리보다 빨리 와서 먹어 놓고 가만히 서 있기만 하던데, 그게 봉사야? 식판 대신 치워 주면 확실히 봉사처럼 보이잖아. 내가 너한테 제대로 봉사할 기회를 주었으니까 고마워해."

어처구니가 없었다. 내가 뭐라고 하려는데 손나윤은 그냥 가 버렸다. 손나윤 뒤통수를 보면서 어떻게 할지 잠깐 고민하다가 식판을 집어 들었다. 그러고는 식판을 든 채 손나윤을 따라갔다. 많은 시선이 나를 따라 움직였다. 이상하게도 전혀 마음이 쓰이지 않았다. 손나윤이 교실로 들어갔고, 나도 따라 들어갔다. 식판을 들고 나타난 나를 보고 손나윤이 황당하다는 표정을 지었다. 나는 식판을 손나윤 자리에 올려 놓았다.

"야, 뭐 하는 짓이야?"

손나윤이 소리를 질렀다.

"네가 잘 몰라서 이러나 본데, 나는 봉사단이지 노예가 아니야."

나는 여전히 친절하게 말했다. 어처구니없는 상황이긴 했지만 짜증 낼 이유는 없었다. 손나윤이 씩씩거리더니 식판을 내 책상 위로 옮겨 놓았다.

"식판은 수업 때까지 내 자리에 그대로 둘 거니까, 그 뒤에 벌어질 일을 네가 감당할 자신이 있으면 그렇게 해."

나는 상냥하게 말한 뒤 급식실로 다시 갔고, 손나윤은 조금 떨어져 서 나를 따라왔다.

고양이 미르의 자존감 선물

S#50 그만해!

손나윤이 엎드려 자는 모습을 보며 교실에 들어섰다. 조금 피곤해서 쉬려고 눈을 감았는데 잠이 오지 않았다. 수학 문제라도 붙잡는 게 나을 듯했다. 수학 문제를 푸는데 문제가 쉬워서 재미가 없었다. 일부러 어려운 문제를 골랐다. 문제풀이에 집중하니 정신이 조금씩 맑아졌다.

"어쭈, 공부도 못하는 게 점심시간에 수학 숙제하냐?"

이민권은 새로 짝꿍이 됐는데, 예전에도 짝꿍이었다는 착각이 들었다. 또다시 기시감이었다. 자꾸 왜 이러는지 모르겠다. 짝꿍이 돼서 처음으로 알게 된 남자앤데……, 이상했다. 나는 이민권을 무시하고 문제에 더 집중했다. 해법이 손에 잡힐 듯 말 듯 했다. 승부욕이 일었다. 연필을 쥔 손이 더 빨리 움직였다.

"놀 때는 놀아야지, 그런다고 성적이 잘 나오는 줄 아냐?"

풀리려던 문제가 이민권 때문에 다시 막막해져 버렸다. 손에 다 쥐었던 해법이 빠져나가 버렸다. 문제를 풀지 못해 아쉽고, 방해한 이민권에게 짜증이 났다.

"너 때문에 제대로 못 풀었잖아!"

"헐! 실력이 없어서 못 풀었으면서 나 때문에 못 풀었다고 핑계 대기는……."

이민권은 나를 깎아내리지 못해 안달 난 사람처럼 보였다.

"풀 수 있거든."

"너 같은 애가 무슨……, 뻔하지."

나는 짝꿍이 되기 전까지는 이민권을 전혀 몰랐기 때문에 이민권이 얼마나 공부를 잘하는지 전혀 몰랐다. 이민권도 마찬가지인데 도대체 무슨 배짱으로 저렇게 나오는지 모르겠다. 어떻게든 나보다 잘났다는 증명을 하고 싶은 걸까? 아니면 나도 모르게 내가 자기 자존심이라도 건드린 걸까? 아니면 내 행동이 어떤 트라우마를 건드리기라도 한 걸까?

"아름아, 아름아, 아름아!"

궁금증을 어떻게 풀지 고민하는데, 갑자기 나타난 채경이 때문에 궁금증을 풀 기회가 막히고 말았다.

"이름 닮겠다."

"아름이 이름이 닮음?"

채경이는 언제나 유쾌하다. 채경이와 수다를 떨다가 5교시 수업을 맞았다. 5교시 수업이 끝나자 나는 내가 필기한 공책을 훑어봤다. 공책에 잘못 써서 시험문제를 틀린 적이 있는데, 그 때문에 생긴 습관이었다.

"누가 보면 전교 1등이라도 되는 줄 알겠네."

이민권이 또다시 시비를 걸었다. 무시하려고 했지만 계속 나를 건드리는 바람에 짜증이 확 치밀었다. 그때 채경이가 점심시간에 다 못 한 이야기를 하려고 왔다가 이민권이 내게 시비를 거는 모습을 보더니 그렇게 싸우지 말고 성적이 낮은 사람이 지는 걸로 하라고 제안했다. 이민권은 그렇게 하자며 자신만만하게 나왔다. 나는 성적으로 서로 잘났

고양이 미르의 자존감 선물

는지 못났는지 겨루는 짓을 하기 싫었다. 무엇보다 이민권이 성적이 아무리 높아도 나한테 하는 짓은 옳지 않았다.

"야, 이민권! 성적이 높든 낮든, 네가 하는 짓은 아주 찌질하거든."

찌질하다는 말까지 들었으면 그만둘 만도 한데 이민권은 계속 성적을 까자고 달려들었다.

"그만하라고! 내가 왜 너랑 성적으로 위아래를 나눠야 하는데? 그렇게 잘났으면 박서준한테 가서 성적 까자고 해!"

나는 교실 전체가 울릴 만큼 버럭 소리를 질렀다. 그제야 이민권이 조용해졌다.

S#51 손을 들다

"물 자원은 한정되어 있고, 그 자원을 욕망하는 사람은 점점 늘고 있어. 그러니 경쟁이 격화될 수밖에 없어. 너희들이 살 세상이 이래. 너희들이 원하는 안정된 직업은 한정되어 있지만, 그걸 욕망하는 사람은 무지 많아."

선생님은 자원을 작은 글씨로 쓰고 동그라미를 쳤다. 그러고는 동그라미 둘레에 욕망이란 글씨를 크게 몇 개 쓰고는 화살표가 동그라미를 향하도록 그렸다. 나는 선생님이 쓴 글씨와 그림을 공책으로 빠르게 옮기다가 욕망 옆에 '왜'를 쓰고 물음표를 표시했다. 의문이 꼬리에 꼬리를 물고 이어졌다. 왜 우리는 안정된 직업을 욕망할까? 왜 안정된 직업은 얼마 없을까? 채경이만 해도 안정보다는 즐거움에 더 끌리고, 승희도 익숙한 안정보다는 늘 새로움을 찾는 성향이 강한데 정말 우리는 모두들 안정된 직업을 원하는 걸까? 나도 몇 개 되지 않는 안정된 직업을 욕망해서 미친 듯이 생활을 희생하며 공부하는 걸까? 욕망이 뭘까? 욕망은 왜 생기는 걸까? 의문은 늘어갔고, 선생님 말씀은 계속 이어졌다.

"시험을 왜 볼까? 실력을 확인하려고? 보자란 섬을 파악해서 더 잘 가르치려고? 겉으로 내세우는 명분은 그렇지. 물론 진실은 그게 아니야. 진실은 자원 경쟁에 있어. 성적으로 줄을 세워서 한정된 자원을 배분하는 거야. 자원 배분이야말로 너희들이 시험을 보는 가장 주된 이

유지. 성적으로 자원 배분을 결정하는 방식이 과연 공평할까? 확실히 그렇다고 말할 수는 없어. 그렇지만 현실은 성적으로 자원 배분이 이루어져. 한정된 자원을 최상위 성적을 차지한 사람이 많이 차지하고, 밑으로 갈수록 부스러기만 조금씩 나눠 갖는 거지."

나는 공책에 '시험=자원 경쟁'이라고 적고 또다시 옆에 '왜'와 물음표를 썼다. 성적이 높은 사람에게 자원을 더 많이 차지할 권리를 줘도 될까? 재능은 다양한데 오직 시험으로만 줄을 세워서 자원을 배분하면 불공평하지 않을까? 시험이 공정하다고 해도 왜 꼭 국어, 영어, 수학, 사회, 과학과 같은 과목으로만 시험을 봐서 줄을 서야 할까? 다른 과목으로 시험을 보면 안 될까? 그 과목에 익숙한 학생에게만 유리한 방식이면 불공평하지 않나?

"경쟁은 힘들어. 다들 웬만하면 안 하려고 하지. 승리자는 적고 패배자는 많은 경쟁에 스스로 뛰어들 사람은 많지 않아. 스스로 뛰어들지 않으려는 사람을 끌어들이는 수단이 바로 꿈이지. 꿈을 향한 노력, 참 본새 나는 말이야. 자원이 한정되어 있지 않다면! 그렇지만 자원은 한정돼 있고, 꿈을 좇는 이는 많으니 꿈은 소수에게만 달콤하고, 다수에게는 절망일 뿐이지."

사회 선생님은 열변을 토했고, 나는 '시험'을 쓴 아래 칸에 '꿈'을 써넣고 가위표(×)를 했다. 입맛이 씁쓸했다. 내 꿈이 참으로 어리석어 보였다. 그러다 반항심이 솟구쳤다. 질문하려고 손을 들려다 조금 망설였다. 내가 이런 질문을 하면 애들이 어떻게 생각할까? 다른 애들이 뭐라고 생각하든 무슨 상관이야! 꼭 해야 할 말이라면 해야지! 손을 들었다. 선생님이 나를 지목했다.

"선생님 말씀은 잘 알겠는데, 왜 저희한테 그런 이야기를 하시는지 모르겠어요. 그런 절망에 찬 말을 들은 저희는 어떻게 해야 하죠? 소수만 이루고 다수는 실패하니 꿈을 접으라는 건가요? 아니면 그런 어려움을 참고 도전하라는 건가요? 그것도 아니면 나중에 어른이 돼서 이 부당한 현실을 바꾸라는 건가요? 선생님은 이 현실이 부당하다고 생각하시는 거잖아요. 그렇다면 선생님이 나서서 바꾸려고 노력하셔야 하지 않나요? 도대체 무슨 의도로 이런 말씀을 저희에게 들려주시는지 모르겠어요."

나도 도발하듯이 선생님에게 질문했고, 선생님은 대답을 못 하고 (어쩌면 안 했을지도 모른다) 한참 동안 나를 바라보기만 했다.

S#52 재밌잖아

국어 수업에서 모둠별로 수행과제를 선정하는 회의를 열었다. 전교에서 가장 공부를 잘하는 박서준이 모둠에 있다 보니 박서준이 모둠을 주도했다. 모든 걸 자기가 주도하니 얄밉기도 하지만, 한편으로는 참 편했다. 그냥 따라가기만 하면 모둠 수행 성적이 잘 나오기 때문이다.

"최근 소설보다는 옛날 소설이 좋지 않겠어? 검색하면 자료도 많을 거고."

모둠 회의가 열리자마자 박서준이 적극 나섰다.

"그렇긴 하지만 그때 소설은 우리 정서랑 잘 안 맞잖아. 어쨌든 읽어야 하는데 재미도 없고. 과제로 하는 거지만 재미는 있어야지. 재미없으면 읽기도 싫어. 그러니까 요즘 나온 소설 가운데 재미난 걸로 하는 게 좋다고 봐."

승희는 도전하기를 좋아한다. 지루함을 참지 못한다. 그렇다고 새로운 도전을 해서 늘 잘하지는 않는다. 많이 실수하고, 엉망인 결과를 내놓기도 한다. 그런데도 늘 새로움을 좇는다.

"옛날 소설이 재미없다는 생각은 편견이야."

박서준이 강한 어투로 반론을 폈다.

"몇 권 읽었는데 정말 재미없었다니까."

승희가 입을 삐죽 내밀었다. 저러면 무지 싫다는 뜻이다.

"너희 생각은 어때?"

박서준이 나와 김선규에게 물었다.

나는 바로 대답하지 않고 어느 쪽을 선택할지 심사숙고했다. 두 의견 모두 나름 장점이 있었고, 어느 쪽을 해도 나로서는 크게 불만이 없었다.

"책을 읽기도 귀찮고, 그냥 검색하면 편한 걸로 해."

김선규는 내용뿐 아니라 말투에서도 귀찮아하는 기색이 잔뜩 묻어났다. 김선규에게 반감이 들면서 내 의견은 승희 쪽으로 확 쏠렸다. 한번 마음을 정하고 나니 의견이 명확해졌다. 알려지지 않은 책을 읽고, 우리끼리 분석하고, 모든 발표 자료를 새롭게 만드는 과정이 번거롭고 힘들겠지만 훨씬 의미가 크다는 판단이 들었다. 박서준 의견에 얹혀가면 편하기도 하고, 박서준이 다 알아서 해서 내가 할 일도 별로 없기는 하겠지만, 그러고 싶지 않았다.

"나는 요즘 소설을 읽고 우리끼리 하자는 승희 의견이 더 끌려."

"그치! 그치! 거 봐! 요즘 소설로 하자니까."

"뭘 읽을지 선정하기도 힘들고, 다 같이 읽고 분석하고 준비하려면 시간도 많이 걸려."

내 의견에 승희는 반색을 했고, 박서준은 강하게 반발했다.

"옛날 소설도 선정하기 힘들기는 마찬가지야. 네가 이미 특정한 소설을 마음에 두고 있는지는 모르겠지만, 나나 승희는 옛날 소설에 대해서 거의 몰라. 그리고 이 수행과제는 우리끼리 분석하고 준비하라는 게 선생님 뜻인데, 그냥 인터넷 검색해서 대충 정리하는 식으로 수행

고양이 미르의 자존감 선물

을 하면 모둠으로 수행을 하는 의미가 없다고 봐.”

내가 적극 나서서 의견을 제시하자, 승희는 함박웃음을 지었고, 박서준은 인상을 찌푸렸다.

“선규 넌 어때? 요즘 소설을 읽고 하는 게 좋아?”

박서준은 선규를 끌어들여 자기 뜻을 밀어붙이려고 했지만, 그게 뜻대로 되지 않았다.

“나야 뭐, 그냥… 너희들이 결정하면… 그대로 할게.”

김선규가 그리 나오니 나와 승희가 다수가 되었고, 결국 우리 의견대로 결정되었다.

“조금 어렵긴 하겠지만 우리 힘으로 처음부터 끝까지 하면 재밌을 거야.”

나는 뽀로통한 박서준을 다독이며 활짝 웃었다.

| 2장 |

내가 할 수 있을까?

S#53 봉사와 거절

금요일은 6교시만 수업하고 끝나는 날이다. 금요일은 일주일에 한 번씩 병원에 가는 날이기도 하다. 병원을 다녀온 뒤에는 곧바로 학원으로 가야 하고, 일단 학원에 가면 저녁까지 계속 수업을 들어야 하기에 쉴 틈이 없다. 그래서 집에서 조금이라도 더 많이 쉬려고 하교를 서둘렀다. 가방을 다 챙기고 친구들과 같이 복도로 나갔는데 담임 선생님과 딱 마주쳤다. 인사를 하고 지나치려는데 선생님이 나만 불러 세웠다.

"아름아, 잠깐 선생님 좀 도와줄래."

같이 가던 친구들은 선생님 눈치를 살피더니 잽싸게 도망쳐 버렸다. '야, 이 배신자들!'이라고 속으로만 소리쳤다.

"네? 무슨……?"

도망치는 친구들 뒤통수를 눈으로 뒤따라가느라 선생님께 제대로 답을 못 했다.

"선생님이 동아리 담당이잖아. 오늘까지 동아리활동 분류 통계를 작성해서 보고서도 만들고 게시도 해야 하는데, 도와줄 애가 너밖에 떠오르지 않아서……."

'반장, 부반장도 있고, 동아리 회장들도 많은데, 걔들 시키세요' 하고 따지려다 그만두었다. 선생님께 버릇없게 굴긴 싫었다.

"네가 햇살 봉사단이잖아. 너처럼 잘 도와주는 학생은 없어서……. 도와줄 거지?"

우리 반에서는 햇살 봉사단에 나밖에 들어가지 않았다. 봉사 정신도 별로 없는 내가 봉사단에 속하고 보니 마음에도 없는 일을 떠맡아야 하는 경우도 많았다. 편히 쉬고 싶었기 때문에 거절하려고 했다. 병원에 빨리 가야 한다고 핑계를 대고 도망을 치려다가 간절하게 부탁하는 선생님 눈빛을 차마 외면하기 힘들었다. 집에서 잠깐 쉬려는 계획은 포기할 수밖에 없었다. 어차피 내일은 토요일이니 그때 푹 쉬면 된다고 생각했다.

선생님을 따라 교무실로 갔다. 나는 교무실 귀퉁이에 놓인 책상에서 선생님이 일을 도왔다. 각종 동아리 신청서를 분류하고, 회원 명단을 정리했다. 각 반별로 동아리 활동에 참가한 인원도 확인하고, 활동 성격별로 통계를 냈다. 각 동아리들이 제출한 활동계획서도 하나씩 다

스캔을 했다. 시간을 확인했다. 더 시간이 지나면 병원에 가기가 빠듯할 듯했다.

"저, 죄송해요. 선생님! 더 도와드리고 싶지만, 제가 병원에 예약이 있어서 가 봐야 해요. 너무 늦으면 힘들거든요."

아직 도와야 할 일이 꽤 남았는데 그만두고 가는 게 죄송했지만 어쩔 수 없었다.

"아, 그래! 괜찮아. 병원에는 늦지 않게 가야지. 빨리 가 봐."

선생님은 흔쾌히 나를 보내 주셨다.

"아름아, 고마워! 네 덕분에 빨리 끝났네. 역시 너밖에 없어."

가방을 챙겨서 나가려는데 선생님이 나를 한껏 칭찬했다. 선생님에게 붙잡히는 바람에 아침부터 저녁 늦게까지 조금도 쉬지 못하고 강행군을 이어가게 됐지만, 어쨌든 진심으로 칭찬해 주시니 뿌듯했다.

"앞으로도 종종 부탁할게."

선생님이 밝게 웃으며 말했고, 나도 따라 웃으며 "네!" 하고 대답하고 나왔다. 학교에서 나와 느긋하게 버스정류장으로 걸어갔다. 버스정류장에서 기다리다가 문득 길가에 난 작은 민들레꽃이 보였다. 벽과 바닥 사이 틈새를 비집고 연한 잎이 피었고, 앙증맞은 노란 꽃잎이 척박한 환경을 이기고 아름다움을 뽐냈다. 그 생명력이 무척 경이로웠다. '옥상에 핀 민들레꽃'이란 소설이 떠올랐고, 소설 속 주인공이 느꼈던 감정이 깊이 다가왔다.

S#54 몰라도 괜찮아

"역설법은 모순되는 표현을 말해. 모순이 뭔지는 알지?"

역사를 잘하는 이성민이 손을 들더니 모순이 유래한 고사성어를 자세히 설명했다. 나는 모순이 무슨 뜻인지는 알았지만 이성민처럼 정확한 유래는 몰랐기에 귀담아 들었다.

"역설 하면 늘 나오는 표현으로 '소리 없는 아우성'이 있어. 아우성이란 여럿이서 시끄럽게 악을 쓰는 소리란 뜻인데, 소리가 없는 아우성이라니, 모순이지? 그래서 역설법이야."

이론은 이해했다. 그렇지만 여전히 왜 그렇게 표현하는지 납득이 안 됐다. 하고 싶은 말이 있으면 그냥 직접 하면 되지, 역설법처럼 이상한 방법을 쓰는지 모르겠다.

"역설법을 정확하게 이해하려면 스스로 만들어 봐야 해. 각자 역설법을 한번 만들어 보자."

이론은 이해했는데 막상 직접 만들려고 하니 자신이 없었다. 고민 끝에 한 문장을 지었다.

"자, 누가 먼저 발표해 볼까?"

애들은 서로 눈치를 살피며 뒤로 뺐다. 어차피 할 거면 이럴 때는 빨리 하는 게 낫다. 괜히 뒤로 빼 봤자 달라지는 건 없다. 나는 손을 들어서 먼저 발표를 했다.

"잊고 싶지 않은데 잊혀져만 가는 기억."

선생님은 내가 발표한 문장을 칠판에 적고, 나한테 왜 역설인지 설명하라고 했다.

"잊고 싶지 않은데 잊혀지니까 서로 모순되는 거 아닌가요?"

"공식을 잊고 싶지 않은데 공식이 잊히는 일이 모순일까, 아니면 실제로 일어날까?"

자신이 없었는데 역시 틀리고 말았다.

"그리고 '잊혀지다'는 틀린 표현이라고 전에도 이야기했지? 이중피동이라고."

나는 '이중피동'이란 낱말을 적고 별표를 세 개 하고, 피동을 다시 공부해야겠다고 다짐했다. 내 뒤에 이성민이 발표했는데 선생님께 칭찬을 아주 많이 들었다. 이성민은 국어와 역사를 뛰어나게 잘한다. 특히 역사를 모를 때 이성민에게 물어보면 막힘이 없다.

수학 학원에 갔는데 강의 시간이 20분쯤 여유가 있어서 자습실에서 기다렸다. 여유롭게 노는데 이성민이 헐레벌떡 들어왔다. 손에는 반쯤 먹은 빵이 들려 있었다. 내 옆자리에 앉은 이성민은 수학 문제집을 꺼내더니 서둘러서 문제를 풀었다. 반쯤 먹다 남은 빵이 책상 귀퉁이에 아슬아슬하게 매달려 있었다. 이성민은 남은 빵을 먹지도 못하고 문제를 푸는 데 몰두했다. 꼭 해야 하는 숙제를 다 못 한 듯했다.

"이게 뭐지? 아, 이것만 풀면 끝나는데……."

이성민은 시계를 흘깃 보더니 초조하게 문제에 매달렸다. 이성민은 머리를 거칠게 흐트러뜨렸다. 이성민이 시계를 보려고 고개를 들었다.

나도 시계를 보았다. 수업 시간이 5분쯤 남았다. 나는 가방을 주섬주섬 챙겼다. 가방을 챙겨서 일어나려는데 이성민이 간절하게 나를 불렀다.

"야, 나 좀 도와줘. 이 문제 좀 풀어 주면 안 돼?"

"그걸 내가 왜? 네 숙제잖아."

"대기까지 타서 겨우 들어왔는데, 또 숙제 안 해 가면 쫓겨날지도 몰라. 나 좀 봐주라."

이성민이 처한 처지가 안타까워서 가볍게 풀어 주고는, 이성민이 놓친 개념도 설명해 주었다.

"우아! 너 정말 대단하다! 고마워!"

이성민은 큰 은인이라도 맛난 듯 온몸으로 고마움을 표했다. 그 모습이 우스꽝스러웠다.

"야, 조심해야지!"

나는 책상에서 떨어지려는 빵을 잡아서 이성민에게 건넸다.

"앞으로 잘 모르겠으면 나한테 물어봐. 나는 국어랑 역사 모르는 거 있으면 물어볼게."

S#55 괜찮은 하루

학원 끝나는 시간에 엄마가 데리러 온다는 걸 말렸다. 모처럼 미세먼지도 없는 깨끗한 날이기에 혼자서 밤공기를 마시며 걸었다. 채경이와 문자도 주고받고, 단체 대화방에 밤 풍경도 찍어서 올렸다. 신호등 앞에서 길을 건너려고 기다리는데 전화가 울렸다. 승희였다. 승희는 국어 수행 모둠에서 자기편을 들어줘서 고맙다고 말했다. 나는 박서준이 당황한 게 웃기지 않았냐고 말했다. 승희와 나는 박서준 흉을 가볍게 보며 깔깔거렸다. 전화를 끊었더니 곧바로 엄마에게서 전화가 왔다.

"너는 누구랑 통화하느라 그렇게 전화를 안 받아? 빨리 들어와. 아빠가 야식 사 온다고 해서 순살치킨으로 사 오라고 했어. 네가 뼈 있는 치킨 좋아하는 건 알지만, 뼈 있는 치킨은 아영이가 싫어하잖아."

또 동생 뜻대로 야식이 결정됐다. 얌체 같은 아영이가 또 선수를 친 모양이다.

"전에도 순살 먹었잖아?"

"아빠가 이미 주문했을 거야. 다음에는 네가 원하는 대로 할 테니까 이번엔 참아."

나는 다음에는 꼭 내가 먹고 싶은 치킨으로 사기로 약속받고서야 전화를 끊었다.

집에 들어가서 숙제를 하는데 아빠가 들어왔다. 아영이는 쪼르르 달려가 아빠가 사 온 치킨을 받아들더니 자기가 알아서 먹을 준비를 했

고양이 미르의 자존감 선물

다. 평소에는 자신이 해야 할 일도 안 하고, 엄마가 잔소리를 해도 이 핑계 저 핑계 대기 바쁘지만, 야식을 먹을 때면 시키지 않아도 스스로 척척 움직인다. 아영이는 수다를 떨면서 치킨을 입에 넣고, 엄마와 아빠는 와인을 한 잔씩 마셨다. 나는 순살치킨을 그리 좋아하지 않았지만, 굳이 내색하지는 않았다. 끝까지 앉아서 이런저런 대화를 나누다 방으로 들어갔다.

숙제를 마치고 눈을 감았는데 잠이 안 왔다. 뒤척이다 스마트폰을 꺼냈다. 잠들기 전에 되도록 스마트폰을 안 보려고 했는데 잠이 안 오니 어쩔 수 없었다. 별 재미도 없는데 습관처럼 들여다보았다. 마음에 드는 친구들 사진과 글 밑에 '좋아요'를 누르고, 댓글을 성심껏 달았다. 색다른 댓글을 쓰려고 머리를 굴리다 보니 댓글 달기도 나름 재미있었다. 스마트폰을 만지며 놀다 보니 시간이 금방 갔다. 너무 늦을 듯해서 스마트폰을 끄고, 책꽂이에서 책 한 권을 꺼냈다. 카프카의 『변신』이란 소설이었다. 어느 날 아침 일어났는데, 벌레가 된 남자에 관한 이야기였다. 왜 벌레가 됐는지, 어떻게 해서 벌레가 됐는지는 나오지 않았다. 몹시 궁금했지만 혼자 상상해보는 수밖에 없었다. 책을 읽다가 슬슬 잠이 왔다. 엄마는 잠들기 전에 침대에서 책을 보는 버릇이 안 좋다고 하지만, 내가 편안히 잠드는 데 책보다 좋은 수면제는 없다.

책을 놓고, 불을 끄고, 눈을 감았다. 흐릿한 정신 사이로 하루일과가 스쳐 지나갔다. 나는 오늘 하루를 잘 살았을까? 하나씩 곱씹으며 잘 했는지 못했는지 평가를 해 보고 싶은 충동이 일었지만 지그시 눌렀다. 곧 닥쳐올 중간고사도 걱정되었지만 내려놓았다. 어떻게든 되겠지 뭐! 걱정한다고 미래가 바뀌지도 않고, 후회한다고 과거를 다시 살 수도 없으니까! 나름 오늘 하루도 뿌듯하게 보냈어. 그래! 한아름, 괜찮은 하루였어. 그럼 됐지 뭐.

꿈을 꾸었다. 하얀 고양이를 뒤쫓아 내 몸보다 작은 구멍으로 들어갔는데, 잿빛 안개로 이루어진 괴물도 만나고, 오징어보다 많은 발이 달린 채 가면을 쓰는 괴물도 만나고, 삐쩍 마른 채 앞에서 펼쳐지는 풍경을 똑같이 그리려는 괴물도 만났다. 각 괴물을 만날 때마다 하얀 고양이도 같이 나타났는데 하얀 고양이는 번번이 내 손에서 벗어났다. 마지막에는 내 몸이 고양이처럼 변했고, 하얀 고양이 추격전은 내 승리로 끝나는 듯했다. 그런데 내가 하얀 고양이를 잡기 바로 전에 길이 갑자기 사라졌고, 나는 절벽 아래로 떨어졌다.

S#56 핏빛 괴물

눈을 떴다. 꿈이었나? 아니면 여전히 나는 꿈속인가? 모르겠다. 뭐가 현실이고, 뭐가 꿈인지……. 혼란스럽다. 내가 겪은 일 가운데 뭐가 진짜고 무엇이 가짜인지……. 바닥이 푹신했다. 붉은빛 이불 위에 내 몸이 있었다. 둘레를 살폈다. 붉은 벽돌로 쌓인 높은 벽이 나를 가뒀는데, 위는 뻥 뚫려 있었다. 벽으로 갖가지 책장과 책 그리고 인형과 장식품이 놓였는데, 그 물건들도 모두 붉은빛이었다. 빠져나가려고 한 바퀴 돌며 벽을 더듬어 봤는데 빠져나갈 길이 보이지 않았다. 영화에서 보면 이럴 때 어떤 물건을 만지거나 특정한 벽돌을 누르면 비밀 문이 열린다. 혹시나 해서 곳곳을 자세히 살피고 만졌지만 아무런 변화가 없었다. 벽은 단단하고 높았으며, 장식품은 그저 장식품일 뿐이었다. 그때 뭔가 기묘하고 불쾌한 기분이 들었다. 어떤 시선이 나를 보는 듯했다. 그러나 사방을 아무리 둘러봐도 나를 보는 시선을 확신할 수 없었다. 서늘한 물방울이 손등에 떨어졌다. 손등에 물방울이 떨어지자 팔뚝이 화끈거렸다. 그제야 내 손이 고양이처럼 변한 게 보였다. 화끈거리는 팔뚝을 살피니 눈을 그린 그림이 보였다. 내가 이 그림을 그렸던가? 다시 물방울이 손등에 떨어졌다. 설마 하는 마음으로 위를 쳐다봤다.

괴물이었다. 얼굴이 온통 핏빛인데, 붉은 이빨에서 물이 뚝뚝 떨어졌다. 그러고 보니 입에서 떨어지는 물이 핏빛이었다. 심장이 멎을 듯한 두려움이 일었다. 갑자기 몸이 위로 들렸다. 발버둥을 쳤지만 불가

항력이었다. 거대한 붉은 집게발이 내 몸을 옴짝달싹 못하게 움켜잡았다. 시뻘건 눈동자가 내 앞에 나타났다. 시뻘건 눈동자는 내 몸 곳곳을 살폈다.

〔제법 고양이가 됐지만, 아직 멀었어.〕

그러더니 나를 침대로 던져 버리고는 사라졌다. 침대가 푹신푹신해서 다행히 다치지는 않았다. 나는 내 몸을 살폈다. 귀 위치가 바뀌었다. 콧잔등에 수염이 만져졌다. 제멋대로 움직이는 꼬리도 느껴졌다. 키는 사람일 때와 같은지 고양이처럼 줄어들었는지 어림하기 어려웠다. 내 몸은 반은 고양이, 반은 사람이었다. 내가 고양이로 변신하는 중이라니, 믿기지 않았다. 아무래도 꿈 같았다. 그런데 꿈이라고 하기에는 지나치게 생생했다. 무엇보다 감각이 사람으로 깨어있을 때보다 더욱 예민했다. 평소에는 잘 맡지도 못하는 냄새가 무수히 느껴졌고, 수염으로는 미세한 바람도 눈에 잡힐 듯이 느껴졌다. 돌담 밖에서 사르륵거리는 소리마저 들렸다. 팔뚝에 그려진 눈 그림에서는 여전히 화끈거리는 통증이 느껴졌다. 꿈이라면 이렇게 생생할 수가 없었다. 내가 고양이로 변신하는 게 아니라면 이런 감각을 느낄 리 없었다.

탈출할 방법을 찾아 다시 방을 세심하게 뒤졌다. 방법은 없었다. 모든 상상력을 다 동원해 별의별 시도를 다 해 봤지만 비밀 출구 따위는 없었다. 나는 갇혔고, 벗어날 방법이 없었다. 벗어나려면 내 몸보다 몇 배나 높은 이 벽을 뛰어넘거나, 괴물이 나를 붙잡았을 때 뿌리치고 벗어나야 하는데 그럴 능력이 내게는 없었다. 아무리 머리를 굴려도 방법이 보이지 않았다. 절망하며 침대에 앉아 머리를 감싸 쥐는데 다시 몸이 덜컹 들렸다. 괴물이 또다시 집게발로 나를 잡아 올린 것이다.

〔실망이군! 고양이가 될 가능성이 전혀 보이지 않으니……. 고양이가 아니니 잡아먹을 수도 없고. 이거 계속 가둬 놔야 하나, 그냥 죽여야 하나?〕

이빨에서 시뻘건 핏물이 떨어졌고, 바닥에서 푸스스 하며 수증기가 피어올랐다. 이가 덜덜 떨렸다. 온몸이 벽돌처럼 굳어 버렸다. 괴물은 나를 다시 집어던졌다. 나는 온 힘을 다해 탈출 방법을 찾았다. 없었다. 다시 집게발에 들렸다. 괴물은 핏물을 흘렸고, 나는 무서움에 떨었다. 그런 일이 끝없이 반복되었다. 나는 지독한 공포에 짓눌렸고, 나중에는 침대에서 꼼짝도 못 했다. 사자에게 붙잡힌 어린 양처럼 나는 죽을 때만 기다리는 비참한 신세였다.

|3장|
내 안에 담긴 힘

S#57 나 좀 도와줘

익숙한 냄새가 났다. 죽은 나무처럼 굳어 가던 몸에 핏기가 돌았다. 냄새가 나는 곳을 향해 눈을 들었다. 흰 고양이, 미르였다. 미르는 벽 위에 앉아 나를 내려다보았다. 앞발 앞에는 내가 그토록 찾으려고 애쓰는 책이 놓여 있었다. 미르는 앞발을 들어 혀로 핥았다. 앞발에서는 시뻘건 피가 뚝뚝 떨어졌다. 미르 발에서 나는 피인 줄 알고 깜짝 놀랐는데, 피가 계속 흐르지는 않은 걸 보니 다른 데서 묻은 피인 듯했다.

"너는 여기서 영원히 갇혀 있을 직정이야?"

"그 괴물은 너무 강해!"

꼬리가 바짝 섰다. 미르 꼬리에도 핏물이 흘렀다.

"그 괴물은 당분간 못 움직일 거야. 내 발톱에 깊이 다쳤거든. 탈출

하려면 지금이 기회야."

괴물이 당분간 못 움직인다니 안심이 되었다.

"이 벽에는 비밀 문이 없어. 내가 도저히 나갈 방법이 없단 말이야."

나는 최대한 애절하게 말했다.

"벽을 넘으면 되잖아."

"벽을 넘는다고? 무슨 수로? 내가 나가기에는 이 벽이 너무 높아. 내가 뛰어 넘을 수 있는 벽이 아니야."

"고양이라면 뛰어오를 수 있어."

"나는 고양이가 아니야. 사람이지."

미르 수염이 파르르 떨리는 게 보였다.

"도와줘."

내 목소리에 울먹거림이 섞여 나왔다. 그럴 의도는 아니었는데, 나도 모르게 서러움에 복받친 모양이었다.

"약한 척하려면 계속 그렇게 해. 아무도 널 도와주지 않을 테니까."

미르는 서늘했다. 연민 따위는 없었다. 못된 고양이 같으니라고.

"도대체 나보고 어쩌란 말이야? 이 벽은 내가 올라가기에는 너무 높다고."

나는 절망에 차서 울부짖었다.

"약하다고 스스로에게 주문을 걸고 좌절하려면 얼마든지 그렇게 해. 그러면 영원히 그곳에 머물게 될 거야. 나는 가야겠어. 이곳이 가끔은 재밌지만 이제는 지겹거든."

미르는 책을 집어 들었다.

"이 책을 얻으려면 스스로 그곳을 빠져나와. 아니구나! 죽지 않으려면 스스로 빠져나와."

미르가 미웠다. 나를 외면하는 미르가 미웠다.

"아무리 약한 척하고, 불쌍한 척해 봐야 아무도 널 구해 주지 않아. 나를 원망하고 싶으면 실컷 원망해. 그래 봐야 바뀌는 건 없으니까."

미르는 벽을 느리게 한 바퀴 돌았다.

"고양이는 스스로 구해. 고양이는 아무에게도 기대지 않아. 고양이는 강하거든. 강한 생명은 의존하지 않아. 자기 힘과 판단을 믿지. 비밀을 하나만 말해 줄까?"

미르는 벽 밖으로 뛰어내릴 준비를 하다 말고 고개를 돌려 나를 봤다.

"인간뿐 아니라 모든 생명에게는 권력을 향한 의지가 있어.Ⓐ 다만 어리석은 인간만 자신이 나약한 줄 알지. 자기 힘을 믿지 못하면 신도 구원해 주지 못해."

미르는 사라졌고, 나를 살려 줄 동아줄도 같이 사라져 버렸다.

S#58 날카로운 발톱

미르가 미웠다. 나를 돕지 않고 가 버린 미르를 원망했다. 미워하고 원망했지만 아무것도 변하지 않았다. 미르는 사라졌고, 벽은 높고, 나는 갇힌 채 꼼짝도 못 했다. 미르 말대로 괴물은 한동안 나타나지 않았다. 도움을 받지 못하니 내가 어떻게든 방법을 찾아야 했다. 책장 위로 올라가서 손을 쭉 뻗었다. 벽 위에 도달하기에는 한참 모자랐다. 풀쩍 뛰었다가 발이 삐끗하며 떨어지고 말았다. 다행히 침대 위로 떨어져 다치진 않았지만, 실패하고 나니 아까보다 더 큰 절망이 찾아왔다. 허약한 내 몸이 미웠다. 호흡이 가빠졌다. 버스 안에서 겪었던 일이 떠올랐다. 얼른 손으로 입과 코를 막다가 날카로운 가시에 찔린 듯한 통증에 놀라서 손을 뗐다. 손을 봤다. 고양이 앞발과 사람 손이 뒤섞인 모양이었다. 손톱은 사라지고 시퍼렇게 날이 선 발톱이 번쩍거렸다.

'고양이라면 뛰어오를 수 있어'

미르가 한 말이 떠올랐다.

'나는 고양이가 아니야. 사람이지'

나는 내 손(아니 앞발이라고 해야 하나?)을 보았다. 힘을 주니 발톱이 쭉 뻗어 나와 날카롭게 빛났다.

"너는 고양이니?"

나에게 물었다.

'고양이는 스스로 구해. 고양이는 아무에게도 기대지 않아. 고양이

는 강하거든'

　미르 말처럼 내가 고양이라면 나는 나 스스로를 구해야 한다. 나는 스스로를 구할 만큼 강할까? 고양이는 강하다. 남이 뭐라거나 말거나 자기 의지대로 당당하게 산다. 그래서 사람들은 고양이에게 매력을 느낀다. 당당함이 마법을 부려서 미운 행동조차 정이 가게 만들어 버린다. 나는 자신이 약하다고 생각했다. 몸도 아프고, 거절도 잘하지 못하고, 내 주장을 강하게 펴지도 못하는 약한 사람이라고 생각했다. 나의 약한 부분을 학교 성적으로 만회해 보려고 했다. 성적이 아니더라도 나보다 조금이라도 못난 구석이 있으면 들춰내서 얕잡아 보려고 했다. 그 모든 게 내가 약하다는 믿음 때문이었다.

　"너는 정말 그렇게 약하니?"

　아니, 나는 그리 약하지 않아! 최강은 아니지만, 박서준처럼 공부를 잘하지는 못하지만, 채경이처럼 활달하지는 못하지만, 이성민처럼 국어와 역사를 잘하지는 못하지만, 아영이처럼 몸이 튼튼하지는 못하지만, 엄마와 아빠처럼 성실하지는 못하지만, 한아름은 그리 약하지 않아! 발톱에 힘을 주었다.

　"너는 고양이니, 사람이니?"

　대답하지 않아도 내 몸이 먼저 반응했다. 나는 고양이처럼 몸을 웅크렸다. 온 신경을 곤두세우고, 근육을 팽팽하게 당기고, 발끝까지 호흡을 끌어내렸다. 온 에너지를 한 점에 모으고 뛰어올랐다. 실패했다. 다시 뛰어올랐다. 실패했다. 고양이처럼 생각했다. 올라갈 길이 보였다. 한쪽 벽을 짚고 물건 위로 뛰어오른 뒤 그 탄력으로 다시 다른 쪽 벽을 짚고 벽 위로 올라갔다. 가뿐하게 벽 위로 올라섰다. 벽 위에서 둘레를 살폈다. 무지개가 보였다. 무지개가 있는 방향으로 갔다. 괴물이 무지개 앞을 가로막고 있었다. 괴물 앞가슴에 깊게 팬 자국이 보였다. 시뻘건 눈이 나를 노려봤다. 두렵지 않았다. 조금도 멈칫거리지 않고 담벼락을 뛰어서 괴물에게 달려들었다. 괴물이 집게발을 휘둘렀다. 가뿐하게 피하고, 발톱으로 어깨를 할퀴었다. 괴물이 괴성을 지르며 몸부림쳤다. 나는 그 틈을 타서 무지개를 향해 뛰어들었다.

햇살은 나를 위해 뜬다

S#59 고양이 마을

검은 정장을 입고 하얀 넥타이를 맨 고양이가 느긋한 걸음으로 지나

갔다. 나와 눈이 마주쳤지만 나에게는 관심도 없었다. 햇살이 구름 사

이를 비집고 나오자 검은 정장을 입은 고양이는 그 자리에 앉아 햇살

을 즐겼다. 햇살은 콧수염에서 노닐고 바람은 꼬리와 장난을 쳤다. 내

몸에 달린 꼬리가 나도 모르게 장단을 맞췄다. 실바람이 오솔길을 타

고 나에게 다가왔다. 아주 익숙한 냄새가 났다. 햇살을 만끽하는 고양

이를 지나 오솔길로 들어섰다. 연초록으로 물든 나뭇잎이 하늘을 가

린 오솔길이었다. 나무에 가려진 오솔길은 점점 낮아지더니 내가 겨우

빠져나갈 만큼 좁아졌다. 더는 지나가기 어려울 만큼 줄어든 오솔길은

오른쪽으로 한 번, 왼쪽으로 한 번 심하게 꺾이고는 갑작스럽게 사라

졌다.

내 눈앞에 나타난 풍경은 어쩐지 익숙했다. 이미 한 번 본 적이 있는 풍경인 듯해서 가만히 기억을 더듬어 보니 가면 괴물에게서 벗어나 미르를 뒤쫓을 때 마주한 마을이었다. 그때는 적황색 지붕이 불규칙하게 끝없이 이어지고, 도로는 없이 지붕과 지붕 사이로 미로처럼 뻗은 밤색 담벼락만 보였는데, 다시 만난 마을은 지붕은 그대로였지만 담벼락 사이로 길이 미로처럼 이어져 있었다. 길이 새롭게 보이긴 했지만 같은 마을이 분명했다.

마을 길로 들어섰다. 사람은 아예 보이지 않고 가끔씩 고양이들이 담벼락 밑에서 잠든 모습만 보였다. 잠든 고양이들은 내가 바로 옆을 지나가도 꿈쩍도 않고 그저 잠만 잤다. 돌을 가지런히 깐 길, 그리고 같은 재질로 된 돌로 쌓아 올린 담벼락이 만들어 낸 공간은 오래된 시간을 품고 있었다. 세월이 만들어 낸 틈을 비집고 작은 풀잎들이 고개를 내밀었다. 이 돌길 위에서 얼마나 많은 이야기들이 나타나고 사라졌을까? 내 이야기도 이 돌길 위에 남아 세월이 지난 뒤에도 바람처럼 이곳에 머무를까? 한 점인 시간이 한없이 늘어지고, 좁은 공간도 끝없이 늘어졌다. 아무런 감정도 일지 않았고, 아무런 변화도 느껴지지 않았다. 냄새가 계속 나를 이끌지 않았다면 그냥 그곳에 그림처럼 머물고 싶었다. 서두를 수도 없었고, 서두르지도 않았다. 길은 나였고, 내가 곧 길이었다. 호흡마저 사라지려 할 때, 검은 천이 젖혀지며 유리창 밖 풍경이 드러나듯이 골목길이 사라지고 큰 광장이 나타났다.

광장은 왁자지껄했다. 광장에는 고양이들이 넘쳐 났다. 공을 쫓아다니는 고양이, 나무를 타는 고양이, 털을 고르는 고양이, 다른 고양이와 뒹굴며 장난을 치는 고양이, 꼬리를 쫓아 빙글빙글 도는 고양이, 나무껍질을 박박 긁는 고양이, 벽에 기대어 앉아 자기 꼬리가 움직이는 꼴을 지켜보는 고양이, 벌러덩 드러누워 자는 고양이, 나비를 잡겠다며 쫓아다니는 고양이, 둥근 탁자에 둘러 앉아 수다를 떠는 고양이, 연못에서 헤엄치는 물고기를 노려보는 고양이, 바닥을 기어다니는 벌레를 앞발로 툭툭 건드리는 고양이, 담벼락을 높이 뛰어올랐다가 뛰어내리기를 반복하는 고양이, 나뭇잎을 코 위에 올려놓고 가만히 버티는 고양이, 장난칠 게 없는지 찾으며 어슬렁어슬렁 걸어다니는 고양이 등셀 수도 없는 고양이들이 각자 자기 하고 싶은 놀이에 푹 빠져서 시간 가는 줄을 모르고 있었다.

나는 고양이 사이로 걸었다. 나도 고양이처럼 내가 할 일에만 집중했다. 아무도 나에게 관심을 두지 않았고, 나도 다른 고양이에게 관심을 두지 않았다. 고양이가 많으니 고양이 냄새도 지나치게 많았다. 코가 조금씩 마비되더니 미르 냄새가 사라져 버렸다. 냄새가 사라지니 어떻게 해야 할지 갈피를 잡을 수 없었다. 광장 가운데 높이 솟은 탑이 보였다. 위로 올라갔다. 눈을 밝히고 미르를 찾았다. 한참을 찾다가 광장 귀퉁이에서 하얀 고양이를 발견했다. 다시 냄새가 났고, 그 냄새는 미르를 가리켰다. 나는 탑에서 뛰어내려 미르를 향해 달렸다.

고양이 미르의 자존감 선물

S#60 미술관

미르에게 달려들려고 하다가 미르와 나란히 걸어가는 잿빛 고양이 때문에 멈칫했다. 잿빛 고양이는 앞다리 하나가 없어서 걸을 때마다 절뚝였다. 옆구리에 난 긴 흉터는 몹시 흉측했고, 뭉툭하게 잘린 꼬리는 고양이가 지닌 매력을 앗아 갔다. 털은 잿빛인데 흰빛이 은은하게 감돌았다. 겉모습만 봐서는 별 볼 일 없는데 잿빛 고양이는 내가 함부로 행동하지 못하게 하는 위엄을 풍겼다. 미르는 책을 한 발로 든 채 방정맞게 걸으며 잿빛 고양이에게 수다를 떨었고, 잿빛 고양이는 묵직하게 걸으며 가끔 대꾸를 했다. 미르는 가끔 나를 바라보며 짓궂은 표정을 짓기도 했는데, 그럴 때마다 얼른 쫓아가서 앞발에 들린 책을 빼앗고 싶었지만, 잿빛 고양이가 내 충동을 지긋이 내리눌렀다.

느긋하게 걷던 잿빛 고양이와 미르는 붉은 문이 달린 오래된 건물로 들어갔고, 나도 자연스럽게 따라 들어갔다. 붉은 문으로 들어가니 높이 솟은 천장에 넓은 원형 방이 나타났다. 벽은 바깥과 마찬가지로 오래된 돌이었고, 갖가지 빛깔을 머금은 낡은 문이 달려 있었다. 미르와 잿빛 고양이는 원형 방을 가로질러 가더니 푸른빛이 감도는 문 앞에 섰다. 잿빛 고양이가 나를 보더니 눈웃음을 지었다. 미르가 책을 들지 않는 앞발로 문고리를 잡더니 문을 열었다. 나는 잿빛 고양이와 미르를 따라서 푸른빛 문이 달린 방으로 들어갔다.

바깥과 마찬가지로 오래된 돌로 된 방이었는데, 벽에는 온갖 그림이 걸려 있었다. 미르는 방 가운데 가만히 서 있었고, 잿빛 고양이는 그림을 하나씩 세심하게 살피며 네모난 방을 돌았다. 나도 잿빛 고양이를 따라 그림을 살폈다. 첫 그림을 볼 때부터 뭔가 이상한 느낌이 들었다. 그림이 아주 익숙했다. 둘째 그림을 보고 나서 나는 미르를 노려보았다. 미르는 모른 척하며 가만히 있었다. 셋째, 넷째 그림을 보고서 다시 미르를 노려봤다. 미르는 여전히 얄밉게 굴었다. 방에 걸린 그림을 모두 본 잿빛 고양이는 마지막 그림에서 나를 기다렸다. 나는 마지막 그림을 보려고 잿빛 고양이 옆에 섰다. 마지막 그림은 은은한 붉은 바탕에 무지개가 위와 아래를 가로지르고, 무지개 위에 붉은 핏자국이 선명하게 찍혀 있었다.

"그림을 본 소감이 어때?"

잿빛 고양이가 물었다.

"혼란스러워요. 뭐가 뭔지 잘 모르겠어요."

"삶이란 파고들면 파고들수록 흐릿한 법이지. 알면 알수록 혼란스럽고."

"그게 아니라, 이 그림들 이제까지 제가 거쳐 왔던 곳이라서……."

방에 걸린 그림은 내가 미르를 쫓는 과정에서 겪고, 보았던 장면들이 있다. 첫 그림은 아무런 빛도 없는 진한 어둠이고, 둘째 그림은 윗부분은 새카만 어둠이었지만 아래는 넓게 퍼진 잿빛 안개로 공간감을 드러냈다. 벽화 속 노란 얼룩무늬 고양이를 만난 뒤 처음 마주했던 풍경이었다. 셋째 그림은 온갖 색깔을 머금은 물감들이 흩뿌려지며 만들어 내는 온갖 조화를 표현했고, 넷째 그림은 수백 가지 물건이 늘어선 넓은 공간을 담아 냈다. 모두 내가 겪고 본 장면들이었다. 그다음 그림도 마찬가지였다. 그림 안에는 내가 만난 괴물도 표현되어 있었다.

"처음 저 까만 곳과 같은 곳에서 깨어났을 때, 바닥을 만졌는데 팽팽하게 펴놓은 부드러운 천을 만지는 듯한 감촉이었고, 중간에 벽을 만졌을 때도 똑같은 감촉이었어요. 그때는 그게 뭔지 몰랐는데 이제 보니 캔버스를 만진 감촉이었네요. 내가 그림 안에서 움직이고, 그림 안에서 실감 나는 일을 겪었다니, 도대체 뭐가 뭔지 모르겠어요."

"그림일 수도 있고, 아닐 수도 있어. 지금 너와 내가 만나는 상황조차 꿈일 수도 있고 아닐 수도 있지. 삶은 원래 뚜렷하지 않아. 그러나 마음만은 뚜렷이 존재하지."◎

자신이 나와 대화를 나누면서 이 만남이 꿈일 수도 있고 아닐 수도 있다니 어처구니가 없었다. 설마 정말 내가 꿈을 꾸고 있는 걸까? 아니면 정신착란이라도 걸려 환상 속에서 헤매고 있는 걸까? 그런데 꿈이 이렇게 생생할 수 있을까? 내가 겪은 모든 일들이 동영상으로 촬영한 듯이 뚜렷하게 기억나는데 정신착란에 빠져서도 기억이 이처럼 뚜렷할 수 있을까? 아무리 따져 봐도 꿈이나 정신착란 같지는 않았다. 그렇다고 이상한 일들을 모두 현실이라고 믿기도 어려웠다. 내가 그림 속에 들어가고, 그림이 현실이 되고, 현실이 다시 그림이 되는 일은 공상에서나 가능한 일이었다. 내 몸이 고양이처럼 변하는 일도 현실일 수 없었다. 아무리 골똘히 따져 봐도 혼란은 짙은 안개처럼 사라지지 않았다.

"여기는 어디죠? 고양이가 된 사람들이 사는 곳인가요? 여기는 진짜로 있는 곳인가요?"

나는 궁금증을 고양이처럼 쏟아 냈다.

"네가 믿으면 있고, 믿지 않으면 없어. 믿음이 곧 현실이니까."

잿빛 고양이는 또다시 알쏭달쏭한 대답만 했다. 아무래도 잿빛 고양이에게서는 그 어떤 명확한 답도 얻지 못할 듯했다. 나는 미르를 향해 손을 뻗었다. 아니 앞발이라고 해야 하나? 모르겠다. 발인지 손인지 나도 구분이 안 된다.

"그 책 이리 내 놔."

미르는 고개를 저었다.

"아직 안 돼! 너는 아직 이 책을 볼 자격이 없어."

"자격? 네가 뭔데 자격을 따져? 내 책을 훔친 도둑 주제에."

나는 앞발(손인가? 여전히 헷갈린다)에 힘을 주었다. 발톱이 날을 세웠다.

"S, T, A, R, R, Y, 아래 줄 긋고, C, A, T!"

미르는 한 음 한 음을 또박또박 끊어서 발음했다.

"비밀번호도 알려 줄까?"

나는 번개를 맞은 듯 멍해졌다.

"네가 그걸 어떻게……? 설마 네가……?"

미르는 아무런 대답도 안 했다. 표정 변화도 없었다.

"네가… 일부러… 나를 이곳으로 데려온 거야?"

여전히 미르는 아무런 반응을 보이지 않았다. 그렇지만 나는 내가 접속했던 홈페이지를 운영하는 운영자가 미르라는 사실을 확신했다. 내가 구멍으로 빨려 들어간 뒤 겪은 모든 일들을 꾸민 이도 미르가 분명했다.

갑자기 미르를 향해 겨누었던 앞발이 화끈거렸다. 이상한 눈을 그려 넣은 팔뚝에서 참을 수 없는 고통이 일었다. 고통이 온몸으로 퍼져 나갔다. 차갑고, 뜨겁고, 찌르고, 째지고, 짓이기고, 쥐어짜고, 부러뜨리는 고통이 한꺼번에 뒤엉켰다. 별이와 헤어진 뒤 기나긴 시간 동안 겪었던 모든 아픔과 외로움이 한꺼번에 밀고 들어왔다. 감당할 수 없었다.

"그만해! 그만하란 말이야!"

몸뿐 아니라 영혼마저 찌그러져 터져 버릴 듯했다.

"흘려보내. 과거는 그저 과거일 뿐이야. 내 마음이 붙잡지 않으면 과거는 그냥 스쳐 지나가는 선선한 바람처럼 너에게 아무런 고통을 주지 못해. 이제 놓아줘. 별이는 떠났어."

슬픔이 복받쳤다. 말단 세포가 머금은 수분까지 모조리 눈물이 되어 쏟아졌다. 나를 괴롭혔던 모든 고통을 쏟아 냈다. 눈물이 그쳤을 때, 내 몸은 다시 사람으로 돌아와 있었다.

고양이 미르의 자존감 선물

S#62 마지막 관문

"나를 따라와."

잿빛 고양이가 앞장섰다. 미르는 그 자리에 가만히 머물렀다. 잿빛 고양이는 무지개 그림 옆에 뚫린 작은 문으로 들어갔다. 나도 따라 들어갔다. 그 방에도 벽에 그림이 잔뜩 걸려 있었다. 가만히 보니 모든 그림이 자화상이었다.

피카소, 고갱, 라파엘로, 드가, 램브란트, 다빈치, 고흐, 모딜리아니처럼 한번쯤 들어 본 화가들이 그린 자화상도 있고, 한 번도 들어 본 적 없는 사람이 그린 자화상도 있었다. 고양이 자화상도 많았는데 광장에서 마주했던 수많은 고양이들이 그대로 그림 안으로 들어온 착각이 들 정도였다. 자화상을 모두 둘러본 뒤 잿빛 고양이는 방 한가운데로 나를 이끌었다. 방 가운데는 깊은 우물이 있었다. 나는 우물을 들여다보았다. 우물 속에는 달이 밝고 구름이 흐르고 하늘이 펼치고 파아란 바람이 불고 가을이 있고 추억처럼 내가 있었다.⦿ 늘 보는 나였는데, 나 같지가 않았다. 겉은 나인데 내가 기억하는 내가 아니었다. 나는 전혀 다른 나였다. 우물 속에 비친 존재에게 묻고 싶었다. 너는 누구니?

"이제 마지막 질문을 할게. 너는 밖에서 열 가지 관문을 통과했고, 이곳에서 다섯 관문을 통과했어."

밖에서 열, 안에서 다섯이란 숫자에 의문이 들었지만 굳이 묻지는 않았다.

"이제 너는 마지막 관문 앞에 섰어."

나는 우물 속에 비치는 나와 눈을 마주쳤다. 슬픔도 아픔도 없었다. 잔잔했다. 질문을 기다리는 호기심이 넘쳐 났다. 낯선 사건을 앞둔 고양이 같은 눈이었다.

"내가 하는 마지막 질문에 답하면 돼."

나는 우물 속 나에게 웃음을 보냈다.

"고양이가 될래?"

잿빛 고양이가 물었다.

나는 머뭇거리지 않고 곧바로 '예' 하고 말하려다 멈칫했다. 너무 쉬웠다. 이렇게 뻔한 대답을 하는 게 고양이가 되는 마지막 관문일 리가 없었다. 이 질문이 왜 마지막 관문일까? 잿빛 고양이를 봤다. 다리 하나가 없고, 옆구리에 흉한 흉터가 있고, 꼬리가 뭉툭하게 잘렸다. 그럼에도 모든 고양이 가운데 가장 우아하고 기품이 넘친다. 잿빛 고양이는 자기가 처한 조건과 상관없이 온전한 자기 자신이었다.

나는 어떤가? 나는 단 한 번도 온전한 나인 적이 없었다. 온갖 질병을 껴안고 사는 내가 싫었고, 당당하지 못한 내 성격이 미웠다. 그래서 고양이가 되고 싶었다. 나는 있는 그대로 나를 사랑하는가? 내가 고양이가 되겠다는 선택을 하면 인간인 나를 사랑하지 않는 것은 아닐까? 나는 있는 그대로 나를, 온갖 결함투성이인 나를 사랑하는가? '고양이가 될래?'란 질문에 담긴 뜻이 분명해졌다. 너는 너 자신이 있는 그대로 마음에 드니?

고양이 미르의 자존감 선물

'고양이가 되겠다' 하고 답하면 '있는 그대로 내 자신이 마음에 안 든다'라는 뜻이고, '고양이가 되지 않겠다' 하고 답하면 '있는 그대로 내 자신이 마음에 든다'라는 뜻이 된다. 만약 고양이가 되겠다고 답하면 고양이처럼 자기 자신을 있는 그대로 사랑하지 못하는 것이므로, 마지막 관문을 통과할 수 없다. 고양이가 되지 않겠다고 답하면 마지막 관문은 통과하지만, 되지 않겠다고 답했으므로 고양이가 되지 못한다.

나는 뭐라고 답해야 할까? 우물을 다시 봤다. 우물 속 자화상은 나이되 내가 아니었다. 나는 고민 끝에 당당하게 대답했다. 아무리 생각해도 내가 선택한 대답은 가장 고양이다웠다.

S#63 책에 담긴 비밀

미르가 내 다리에 몸을 비볐다. 미르 뒷머리를 쓰다듬자 미르가 갸르릉거리며 기뻐했다.

"이 책 받아!"

미르가 책을 내밀었다.

"어차피 그 책은 나를 이곳까지 끌고 오려는 미끼 아니었어?"

"그렇지 않아!"

미르가 건네는 책을 받았다.

"이 책은 너에게 꼭 가야만 해."

"가야만 하다니……, 그게 무슨 말이야?"

"책을 보면 무슨 말인지 알 거야."

첫 장을 폈다.

나와 영혼으로 이어진 벗에게.

고양이 털처럼 보드라운 글씨체가 나를 맞이했다. 영혼으로 이어진 벗이라니, 떠오르는 이가 없었다. 둘째 장을 폈다. 갓 태어난 아기 사진이 보였다. 글은 없었다. 다음 장으로 넘겼다. 또다시 사진이었다. 태어난 지 얼마 되지 않은 아기였다. 책장을 계속 넘겼다. 책에는 사진밖에 없었다. 사진 속 아기는 한 장 한 장 넘길 때마다 아주 느리게 자랐

고양이 미르의 자존감 선물

다. 책 중간에 이르러서야 사진 속 아이가 나라는 걸 알아차렸다. 그런데 시선이 이상했다. 처음에는 수평이었는데 점점 아래서 위를 보는 모습으로 바뀌었다. 거의 모든 사진이 아래에서 위를 보는 각도인데, 가끔은 위에서 아래로 내려다보는 사진도 있었고, 아주 가까이서 찍은 사진도 있었다. 도대체 누가 나를 이렇게 오랜 시간 꼼꼼하게 찍은 걸까? 엄마와 아빠가 찍은 사진 중에 내가 본 적이 없는 사진일까?

그러다 한 사진을 보고 몸이 딱딱하게 굳어 버렸다. 엄마와 아빠, 아영이와 내가 모두 나온 사진이었는데 그 사진을 찍을 수 있는 사람은 우리 집에 없다. 아무도 이런 사진을 찍을 수가 없다. 자동으로 설정해서 찍은 사진도 아니다. 그럼 도대체 누가 찍었을지 고민하다 뭔가가 떠올랐다. 그게 가능할까? 말도 안 된다고 생각했는데, 그다음 사진이 '설마'를 '확신'으로 바꾸었다. 그 사진을 찍을 수 있는 이는 '별이'뿐이었다. 별이가 찍었다고 생각하고 앞 사진을 다시 봤다. 별이 시선을 가정하고 보니 모든 사진이 왜 그런 각도인지 명확히 이해가 되었다. 그 책은, 그 책 속 사진은 모두 별이가 나를 바라본 모습이었다. 별이 기억 속에 담긴 나였다.

사진에는 사랑이 가득했다. 사진 속 나는 참 사랑스러웠다. 별이가 나를 얼마나 사랑스럽게 보는지 온전히 전해졌다. 별이는 나보다 나를 더 사랑하고 아꼈다. 별이가 사랑하는 나를, 나는 그동안 제대로 사랑해 주지 못했다. 스스로를 괴롭히는 나를 보며 별이는 얼마나 가슴이 아팠을까?

책 마지막 쪽에는, 별이가 이 세상을 떠나는 모습을 지켜보며 울고 있는, 내가 있었다.

"영혼으로 이어진 벗이여."

미르가 하는 말이 아득하게 들렸다. 입을 열려고 했지만 슬픔이 차올라 목소리가 나오지 않았다. 눈앞이 흐릿해지며 한 치 앞도 보이지 않는 안개가 꼈다.

"이젠…… 안녕!"

사무치게 그리워하던 별이 목소리가…… 마지막으로 들렸고, 나는 정신을 잃었다.

S#64 아침햇살

"얘야? 괜찮니?"

내 몸이 흔들렸다. 반응하고 싶은데 몸만 꿈틀할 뿐 입이 떨어지지 않았다.

"여보세요! 경찰이죠? … 우리 동네에서 실종됐다는 여학생을 발견했습니다. … 우리 동네에서 실종됐다고 전단지가 골목 곳곳에 붙어 있고, 뉴스에도 나왔는데 제가 모르겠습니까? … 전단지에 나온 얼굴과 똑같다니까요. …… 네! …… 여기가 어디냐면……."

내가 실종되었다니, 생각지도 못한 상황이었다. 그나저나 뉴스까지 나왔다면 내가 사라진 지 꽤나 날짜가 지난 모양이다. 그렇다면 내가 꿈을 꾸거나, 정신착란에 걸린 것은 아니었다는 뜻이다. 설마 아직 꿈은 아니겠지?

신고를 마치고 아저씨는 다시 나를 흔들었다. 나는 눈을 떴고, 옅은 신음 소리도 냈다.

"깨어났구나! 다행이다. 잠깐 기다려."

아저씨는 황급히 뛰어가더니 곧바로 내 몸을 감쌀 담요와 따뜻한 물을 들고 왔다. 내가 물을 마시는 동안 아저씨는 내 어깨를 담요로 감싸주었다.

"괜찮니?"

나는 벽에 기대어 앉아 고개를 끄덕였다.

"혹시 일어날 수 있겠니?"

아저씨가 내 몸을 부축했고, 나는 힘겹게 일어났다. 나는 아저씨 팔에 기대서 조금씩 걸었다. 그제야 주변 풍경이 눈에 들어왔다. 바로 서점 뒷골목이었다. 작은 쪽문이 보이고, 아저씨는 그 쪽문으로 나를 이끌었다. 다리에 힘이 풀리면서 쓰러질 뻔했다.

"안 되겠다. 조금 쉬었다 가자."

아저씨는 골목에 놓인 낡은 의자에 나를 앉게 했다. 아저씨는 서점 뒤에 달린 쪽문으로 들어가더니 의자 하나를 꺼내 와서 내 옆에 앉았다. 아저씨와 나는 의자에 나란히 앉았는데, 정면에 벽화가 보였다. 미르를 쫓아 들어갔던 구멍은 사라지고 없었다. 구멍이 있던 자리에는 하얀 고양이 얼굴 그림뿐이었다. 하얀 고양이 얼굴 바로 옆에는 나와 대화를 나누었던 노란 얼룩무늬 고양이 그림이 있었다. 명확하지는 않지만 내가 사라지기 직전에 봤던 몸짓 그대로인 듯했다.

아무 말 없이 물끄러미 벽화를 보던 아저씨가 고개를 갸웃거렸다.

"어, 저 고양이 그림이 왜 저기에 있지?"

아저씨는 의자에서 일어나 벽화를 골똘히 살폈다.

"분명히 이쪽이었는데……. 누가 지우고 다시 그린 흔적도 없고……. 거 참 이상하네."

아저씨는 벽화를 한참동안 살폈고, 나는 그런 아저씨를 물끄러미 바라보았다.

서늘한 아침 바람이 불었다. 따스한 햇살이 낡은 골목을 돌아 나에게 찾아왔다. 태어나서 처음 만나는 햇살처럼 새롭고 반가웠다. *나를 위한 아침햇살이었다.*^㉛ 나는 햇살에게 기쁨을 전했고, 햇살은 나를 위해 빛을 쏟아 냈다. 나는 햇살을 축복했고, 햇살도 나를 축복했다.

"보고 싶었어."

나는 아저씨에게 들리지 않게 조용히 속삭였다.

"이젠, 안녕!"

눈물 한 방울이 또르르 흘렀다.

사이렌 소리가 들리고, 아저씨가 몸을 일으켰다. 나도 다리에 힘을 주었다. 그 어느 때보다 강한 힘이 들어갔다. 나는 우뚝 일어섰다. 품에서 툭 하고 책이 떨어졌다.

너는 뭐가 되고 싶니?

채경이와 승희는 운동장 귀퉁이에 자리한 아름드리 느티나무 아래에 앉아 아름이를 기다렸다.

"쌤이 또 아름이 붙잡은 거야?"

"그래도 오늘은 잠깐이래."

"우리처럼 그냥 도망치지."

"선생님이 미리 부탁했나 봐."

"아휴, 그냥 거절하지. 걔는 거절을 못 해."

"안 그래. 걔 요즘엔 거절 잘해. 며칠 전에 복도에서 또 쌤이 아름이를 잡았거든. 쌤이 좀 도와 달라고 하니까 아름이가 뭐라고 했는지 알아?"

"뭐랬는데?"

"자기도 계획이 있는데 이렇게 급하게 부탁하면 아무리 쌤이 그러셔도 어쩔 수 없다면서, 앞으로는 시킬 일이 있으면 미리 말해 주라는 거야. 그러고는 그냥 죄송하다면서 거절하는 거 있지."

"정말? 걔가?"

"그랬다니까."

"오, 장난 아니네."

"그래서 이번에는 선생님이 점심때 미리 부탁했나 봐."

"아름이가 요즘 좀 이상해지긴 했어."

"걔가 좀 변하긴 했지."

"아, 그나저나 배고픈데, 쌤은 아름이를 뭘 그리 오래 붙잡아 두는 거야."

채경이가 투덜거리며 느티나무를 발로 한 방 찼다.

"그나저나 이 나무, 참 부럽다."

"부럽다면서 발로 차냐?"

"괜히 질투가 나잖아."

"나무가 뭐가 질투 난다고. 움직이지도 못하고, 자유도 없잖아."

"그래도 걱정이 없잖아. 느긋하게 운동장 귀퉁이에 서서, 해가 뜨면 해를 맞이하고, 바람이 불면 바람을 맞이하고, 계절에 맞춰 그냥 살고."

"어쭈, 너 시 쓰냐?"

"시는 무슨, 그냥 부러운 거지."

채경이는 벤치에 벌러덩 드러누웠다.

"나는 구름이 되고 싶어. 바람에 실려서 마음대로 이곳저곳 떠다니며 살고 싶어. 학교랑 공부에 얽매여 사는 게 정말 싫어."

"칫, 누가 들으면 엄청 공부하는 줄 알겠네."

"나는 뭐 맨날 속 편한 줄 아냐?"

조금 강한 바람이 불었고, 두 소녀가 나누는 대화는 바람과 더불어 끊겼다. 두 소녀는 머리를 맞대고 벤치에 누워서 흔들리는 나뭇잎과 살랑거리는 구름을 부러운 듯 바라보았다. 나뭇가지가 바람에 실려 고개를 숙여 한 소녀에게 속삭였다. 정말 내가 되고 싶니? 하늘을 거닐던 구름은 한 소녀에게 손짓으로 말을 걸었다. 내가 되고 싶다는 마음, 진심이니?

출처

그리고

고양이의 자존감 수업

㉠ 이 장면은 '잭슨 폴록'(Jackson Pollock)의 그림에서 영감을 받았다. 이 장면을 읽으면서 잭슨 폴록이 남긴 작품을 함께 보면 더 멋진 상상력을 발휘할 수 있을 것이다. 　　　　　127쪽

㉡ 출처는 '파블로 네루다'(Pablo Neruda) 「질문의 책」이다. 고양이다움과 자존감을 이루는 첫째 요소는 '호기심'이다. 호기심을 잃어버린 사람은 호모 사피엔스로 살지 못한다. 호기심은 호모 사피엔스가 오늘날과 같은 문명을 만든 핵심 능력이다. 　　　　　134쪽

㉢ 벽에 걸린 그림은 '마크 로스코'(Mark Rothko)가 그린 작품을 표현한 것이다. 마크 로스코가 그린 작품은 이 소설을 쓰는 데 많은 영감을 주었다.

　　　　　140쪽

ⓔ 출처는 '자크 라캉'(Jacques Lacan) 「욕망이론」이다. 고양이다움과 자존감을 이루는 둘째 요소는 '솔직함'이다. 고양이는 뻔뻔하다 싶을 만큼 자기감 정에 솔직하다. 자기감정에 정직해야 나다움을 잃지 않는다.　145쪽

ⓜ 여기서 묘사한 장면은 '프란츠 클라인'(Franz Kline)이 남긴 작품을 형상화 한 것이다. 장면을 더 깊이 이해하려면 프란츠 클라인이 남긴 작품을 함 께 보기 바란다.　149쪽

ⓗ '슈테판 츠바이크'(Stefan Zweig)가 남긴 「어제의 역사」에서 따온 문장이다. 고양이다움과 자존감을 이루는 셋째 요소는 '자유'다. 슈테판 츠바이크는 내면에서 숨 쉬는 자유를 가장 위대한 가치로 여겼다. 자기 내면이 가리 키는 가치에 따라 사는 삶이 바로 자유다.　158쪽

ⓢ '프리드리히 니체'(Friedrich Nietzsche)가 「권력의지 Der Wille zur Macht」에 서 강조한 내용이다. 고양이다움과 자존감을 이루는 넷째 요소는 '강함' 이다. 흔히 '권력에의 의지'라고 번역하는데, 문법에 어긋난 표현이라고 판단해서 '권력을 향한 의지'로 바꾸었다. 모든 생명은 '강한 힘'이 있으 며, 그 힘은 생명을 이루는 근본이다. 자존감을 이루는 강함은 지배하는 강함이 아니라, 자기 삶을 스스로 책임지려는 독립심이자, 어떤 시련에도 굴하지 않는 단단한 인간 의지를 상징한다.　188쪽

◎ '르네 데카르트'(René Descartes)가 「방법서설」 'Cogito ergo sum'을 통해 선언한 유명한 명제다. 고양이다움과 자존감을 이루는 다섯째 요소는 '있는 그대로 존재하는 나'라고 믿는다. 자존감을 높이는 데 다른 조건 따위는 없다. 있는 그대로 나를 사랑하면 된다. 나는 어떤 존재이든, 어떤 조건이든 나는 나 자신으로 온전히 사랑할 만한 가치가 있는 존재다.　197쪽

ⓩ 윤동주 님이 쓴 「자화상」에 나온 대목으로, 고양이다움과 자존감을 이루는 다섯째 요소인 '있는 그대로 존재하는 나'를 표현한 또 다른 문장이다. 이 대목에서 잠시 멈추고 거울에 자기 얼굴을 비춰 보고, 윤동주 님이 쓴 자화상 시를 읽어 보기 바란다. 내 눈동자를 마주보며 스스로를 되돌아보아야 인간다운 인간이며, 진정한 자존감을 갖춘 인간으로 살아갈 수 있다.

201쪽

ⓩ '프리드리히 니체'(Friedrich Nietzsche)가 쓴 『차라투스트라는 이렇게 말했다』는 태양이 나를 위해 뜬다는 선언으로 출발한다. 태양이 나를 위해 뜬다는 문장은 가장 위대한 자존감 선언이며, 니체 사상을 이루는 고갱이라고 믿는다. 『차라투스트라는 이렇게 말했다』 책을 펼치면 바로 나오는 문장이니, 한번쯤 읽고 그 의미를 깊이 고민해 보기 바란다.　209쪽

청소년 성장소설 십대들의 힐링캠프, 변신